U0536364

〖中华诗词存稿·名家专辑〗
中华诗词学会 编

竹枝斋诗稿

段天顺 著

中国书籍出版社
China Book Press

图书在版编目（CIP）数据

竹枝斋诗稿 / 段天顺著 . -- 北京：中国书籍出版社，2019.9

（中华诗词存稿）

ISBN 978-7-5068-7438-0

Ⅰ.①竹… Ⅱ.①段… Ⅲ.①诗集—中国—当代 Ⅳ.① I227

中国版本图书馆 CIP 数据核字 (2019) 第 199616 号

竹枝斋诗稿

段天顺 著

责任编辑	王志刚
责任印制	孙马飞　马　芝
封面设计	采薇阁
出版发行	中国书籍出版社
地　　址	北京市丰台区三路居路 97 号（邮编：100073）
电　　话	（010）52257143（总编室）（010）52257140（发行部）
电子邮箱	eo@chinabp.com.cn
经　　销	全国新华书店
印　　刷	北京虎彩文化传播有限公司
开　　本	710 毫米 ×1000 毫米 1/16
字　　数	220 千字
印　　张	21
版　　次	2019 年 9 月第 1 版　2019 年 9 月第 1 次印刷
书　　号	ISBN 978-7-5068-7438-0
定　　价	298.00 元

版权所有　翻印必究

《中华诗词存稿》编委会名单

顾　　问： 郑欣淼　郑伯农　刘　征　沈　鹏
　　　　　　葉嘉莹

编　　委：（按姓氏笔画排序）
　　　　　　丁国成　王　强　王改正　王德虎
　　　　　　刘庆霖　吕梁松　李一信　李文朝
　　　　　　李树喜　陈文玲　张桂兴　范诗银
　　　　　　欧阳鹤　杨金亭　林　峰　罗　辉
　　　　　　周兴俊　周笃文　宣奉华　赵永生
　　　　　　赵京战　钱志熙　晨　崧　梁　东
　　　　　　雍文华

主　　任： 范诗银

副 主 任： 林　峰　刘庆霖

执行主编： 吕梁松　王　强　李伟成

秘　　书： 李葆国

作者简介

段天顺,男,北京市房山区人,1932年3月生,大学文化,1948年参加工作,1949年后任北京市东四区团委副书记,中共北京市委组织部干事、办公室副主任。"文革"后担任过北京市水利局副局长、民政局局长,北京市人大常委委员、副秘书长,北京市政府顾问团顾问等。现任北京地方志编纂委员会委员、《北京志》副主编、《北京自然灾害志》主编、北京诗词学会会长。

出版的著作有《燕水古今谈》《燕水竹枝词》《民苑集》《新竹枝词集》、《北京历代咏水诗歌选》(与人合作)、《京水名桥》(与人合作)、《松窗随笔》(与人合作)《竹枝斋文存》等。

总　　序

　　我们这个诗歌大国有一个很好的传统，历来注重"采诗"、搜集整理诗歌材料。作为唯一的全国性诗词组织的中华诗词学会，自1987年5月成立以来，就十分重视这项工作。学会每年的学术研讨会和历届"华夏诗词奖"，都出版论文集和获奖作品集。纪念学会成立二十年、三十年时，还专门编辑出版了《大事记》《论文选集》《诗词选集》。《中华诗词》创刊以来，每年都制作年度合订本。2007年5月，在北京天识东方文化艺术传播有限公司的资助下，以近代以来诗词创作、诗词理论、诗词运动重要文献汇编，当代名家个人作品专集等为主要内容，出版了《中华诗词文库》。经过十来年的编辑整理，已经出了近百卷。这些诗集、文集的出版，记录了近百年来尤其是改革开放四十多年来，中华诗词从起步、复苏走向复兴的砥砺前行的历程，为近、当代诗歌史的撰写准备了丰富的资料。

　　党的十八大以来，中华民族优秀传统文化重新受到应有的重视。习近平总书记《念奴娇·追思焦裕禄》词和《军民情》七律的相继发表，引领中华大地诗潮滚滚而来。《中共中央关于繁荣发展社会主义文艺的意见》和中办、国办《关于实施中华优秀传统文化传承发展工程的意见》，都明确提出"加强对中华诗词、音乐舞蹈、书法绘画、曲艺杂技和历史文化纪录片、动画片、出版物等的扶持。"国家教育部组织制定由中华诗词学会起草的新中国语言体系中的新韵书《中华通韵》已经通过国家语言文字工作委员会语言文字规范标准审定委员会审定，即将颁布全国试行。这些都使我们真切地感受到，中华诗词的春天真的到来了。诗人们乘着骀荡春风，正以高昂的激情，书写着中华民族伟大复兴的新时代、新史诗，国家富强、民族振兴、人民幸福的中国梦；正以与人民同呼吸、共命运的诗人之心，对人民的欢乐、人民的忧患、人民的情怀给以诗意的表达；正以"美"或"刺"的诗人之笔，对市场经济大潮中人民对幸福生活的期待，对美好未来的希望，对假丑恶的深恶痛绝，或给以方向，或给以赞美，或给以鞭挞。正如习近平总书记所指出的："好的文艺作品就应该像蓝天上的阳光、春季里的清风一样，能够启迪思想、温润心灵、陶冶人生，能够扫除颓废萎靡之风。"

当前，传统诗词创作者和诗词爱好者队伍发展迅速，已超过三百万。每天创作的诗词作品超过唐诗、宋词、元曲的总和。诗词评论研究队伍也成长很快，诗词评论、诗词学、诗词创作理论研究成果丰硕。如何从浩如烟海的诗词作品中"淘"出优秀作品，并使之存下来、传下去，如何使诗词研究理论成果"面世"并发挥应有的指导作用，确实是摆在我们面前的无可回避的一个重要课题。中华诗词学会是一个没有国家编制，没有国家拨款的社会团体，事业的运转主要靠社会赞助和会员费支撑。俊识（北京）文化传媒有限公司总经理吕梁松、北京采薇阁总经理王强，两位一直是对中华传统文化情有独钟的热心人，慷慨解囊，愿意同中华诗词学会一起，搜集整理编辑推出《中华诗词存稿》这套书，共同为中华诗词文化的继承和发展，做成这件十分有意义的事情。

《中华诗词存稿》主要搜集整理出版三部分内容的资料：一是当代诗词名家的个人作品集；二是当代诗词评论家、诗词学者的学术著作集；三是当代诗词作品、诗词理论学术成果阶段性、专题性、地域性的集成类作品集。诗词作品强调精品意识，沙里淘金，把"有筋骨、有道德、有温度"的优秀诗词作品搜集起来。诗词评论、研究类资料强调理论性和创新性，应具有鲜明的个性特点，具有创建性的见解。集成类的资料应有一定的史料保存价值。总之，做成一套具有当代价值和历史意义的好书。在此，我们编委会人员，向提供资料、筛选编辑、版面设计、校对勘误，包括所有为这套资料付出辛勤劳动的同志们，表示真诚的谢意！

郑欣淼
二〇一九年七月于北京

自 序

2010年4月,中华诗词学会郑伯农代会长和李葆国先生给我打来电话,约我出版一部诗集,并由我自选。我自然很高兴,也很感谢。回想从上个世纪七十年代开始,结合我从事的水利工作和民政工作业余写作旧体诗词的过程,正如我的一首小诗中所说"捡得余闲理诗文"。九十年代初,当我年届离休时,一个偶然的机会,我开始主持北京诗词学会工作,转眼间,悠悠十八年矣。在中华诗词学会的指导下,作为一名爱好者与志愿者,我将大部分精力投入到学会的组建和业务活动上,诗词作品写得不多,质量不佳。总结起来,也许在竹枝词的写作方面,尚可凑一凑。于是,我将这本诗集定名为《竹枝斋诗稿》。

集子选编的内容分为三部分:一是新竹枝词集,约300多首;二是竹枝外集,选编了竹枝词以外的古体诗、律诗、绝句和词100多首,另有十余副对联;三是竹枝散论,共7篇,约5万字,其中有讲稿、专论和工作报告。由于时间和对象不同,前后有些重复;一些观点和见解亦不成熟,敬请读者指正。

经过半年多的努力,如今,这本诗集基本定稿。需要说明的是,中华诗词学会的李葆国先生为本书的出版做了积极的努力,细致的工作;本书的策划编辑工作得到了我的二女儿段跃的帮助；文字录入工作由北京市民政局调研中心副主任梁艳女士和我的外孙媳石云婷完成。在此一并致以真诚的感谢。

竹枝斋主

2010年10月

目　录

总序 …………………………………… 郑欣淼 1
自序 ……………………………………………… 1

新竹枝词选

1949纪事诗（二十首）………………………………… 3
　　小序 …………………………………………………… 3
　　北平和谈签字（五首）……………………………… 3
　　欢迎人民解放军入城式（三首）…………………… 6
　　参加中共北平地下党员大会（五首）……………… 7
　　喜闻人民解放军占领南京（二首）………………… 9
　　参加天安门广场开国大典（三首）………………… 10
　　余声 …………………………………………………… 11
北京八中忆旧（八首）………………………………… 11
百年忆母竹枝歌（三十首选十二首）………………… 15
　　山乡母教（六首选三首）…………………………… 15
　　新开路摇篮（十首选四首）………………………… 16
　　六里屯晚晴（七首选二首）………………………… 18
　　咏歌母恩（七首选二首）…………………………… 18
　　十月短歌 ……………………………………………… 19

叙旧（四首）…………………………………… 19
天安门金水桥咏史（六首）…………………… 21
香港回归………………………………………… 23
"九八"抗洪谣（十首）………………………… 24
  序………………………………………………… 24
  生死牌（二首）………………………………… 25
  抗洪英雄高建成………………………………… 25
  抗洪子弟兵……………………………………… 26
  罗典苏…………………………………………… 26
  书记六上白沙滩………………………………… 27
  水利专家………………………………………… 27
  四代人登台捐款………………………………… 27
  北京妈妈捎口信………………………………… 28
北京奥运花絮竹枝歌（十三首）……………… 28
  序………………………………………………… 28
  李宁点燃圣火…………………………………… 28
  题我国女子体操冠军六人集体照……………… 29
  我国运动员囊括男女乒乓球单打金、银、铜
    全部奖牌…………………………………… 29
  "小眯"无敌……………………………………… 29
  吴静钰…………………………………………… 30
  博尔特（二首）………………………………… 30
  菲尔普斯………………………………………… 31
  栾菊杰…………………………………………… 31
  又听宋世雄解说女排之战……………………… 31
  中国夺了金牌王………………………………… 31

志愿者的魅力 …………………………………… 32
北京残奥会竹枝歌（三首） ……………………………… 32
　　　盲人火炬手平亚莉 ……………………………… 32
　　　永不停跳的舞步 ………………………………… 33
　　　太阳鸟 …………………………………………… 33
十三陵水库情思（二首） ………………………………… 34
密云水库览胜（五首） …………………………………… 35
　　　大坝纵览（二首） ……………………………… 35
　　　云山晚望 ………………………………………… 35
　　　鹿皮关听瀑 ……………………………………… 36
　　　烽台云雾 ………………………………………… 36
官厅水库新貌 ……………………………………………… 36
怀柔水库雨姿 ……………………………………………… 37
白龙潭水库 ………………………………………………… 37
疏浚温榆河纪事（七首） ………………………………… 38
小水电站 …………………………………………………… 39
窗口桐花 …………………………………………………… 40
小水库除险队 ……………………………………………… 40
灌区农事（三首） ………………………………………… 40
延庆灌区（二首） ………………………………………… 41
京都第一瀑 ………………………………………………… 42
水文站（三首） …………………………………………… 42
山区喷灌 …………………………………………………… 43
龙庆峡冰雕展（二首） …………………………………… 43
遥桥峪夏景（七首） ……………………………………… 44
　　　楼望 ……………………………………………… 44

湖影	44
晨景	45
黄昏	45
夜坐	45
古城堡	45
婆婆岭	46
望司马台长城	46
缅怀北京水利局总工程师高振奎老先生（五首）	47
菖蒲河纪事（五首）	49
东苑	49
访旧	50
呼吁	50
开工	50
新姿	50
柳荫湖即景（四首）	51
红螺寺三绝（三首）	52
紫藤寄松	52
千年银杏	52
寺前竹林	52
卧佛寺山居（七首）	52
稻香湖消夏（四首）	54
稻香湖消夏	54
翠湖湿地荡舟	55
喜见京西稻田	55
龙泉怀古	55
银狐洞乘舟（五首）	56

京华敬老竹枝词（九首）……………………………… 57
贺北京楹联学会成立（二首）………………………… 60
"晚情之家"竹枝歌（十五首）………………………… 61
为易海云先生《长天云海路漫漫》
　　诗集作序（八首）………………………………… 65
贺罗期明先生《钓鱼诗三百首》
　　荣获广东增城市文艺评选一等奖……………… 67
丁亥春节寄湖南诗词协会会长赵焱森吟长贺年……… 68
矍铄诗翁一老牛………………………………………… 68
贺王宝骏老先生八十华诞……………………………… 69
喜《北京楹联集成》出版
　　并向何永年会长致贺（3首）…………………… 69
贺北京水务局离退休干部 庆祝新中国成立60周年
　　书画展……………………………………………… 71
集绍棠名作兼怀绍棠（三首）………………………… 71
为袁一强民俗小说《皇城旧事》拟作（十六首）…… 72
　　小序………………………………………………… 72
　　三友轩茶馆………………………………………… 73
　　老刘头……………………………………………… 73
　　"门墩"……………………………………………… 74
　　张秃子……………………………………………… 74
　　何四………………………………………………… 75
　　肖天兴……………………………………………… 75
　　胡玉娟……………………………………………… 76
　　胡五爷……………………………………………… 76
　　韩歪子……………………………………………… 77

　　　　魏瞎子…………………………………… 77
　　　　打响尺…………………………………… 78
　　　　撒纸钱…………………………………… 78
　　　　"文场"吵子……………………………… 79
　　　　数来宝…………………………………… 79
　　　　打硬鼓儿………………………………… 80
　　　　"奉安"移灵……………………………… 80
樱桃采摘节竹枝词（八首）……………………… 81
全聚德烤鸭店竹枝词（十首）…………………… 83
　　　　全聚德老匾……………………………… 83
　　　　北京鸭小史……………………………… 83
　　　　北京鸭塑像……………………………… 83
　　　　挂炉烤鸭………………………………… 84
　　　　片肉刀工………………………………… 84
　　　　鸭全席…………………………………… 84
　　　　烤鸭名厨………………………………… 84
　　　　国际蜚声………………………………… 85
　　　　前门老店………………………………… 85
　　　　生意经…………………………………… 85
丝路行草（九首）………………………………… 86
　　　　兰州丝路节观女子太平鼓表演………… 86
　　　　武威中秋………………………………… 86
　　　　酒泉……………………………………… 86
　　　　左公柳…………………………………… 87
　　　　波斯菊…………………………………… 87
　　　　宿玉门镇………………………………… 87

过嘉峪关 ··· 87
　　敦煌月牙泉 ··· 88
　　新疆天池 ··· 88

齐鲁访古（六首） ··· 89
　　济南　李清照故居 ··· 89
　　潍坊郑板桥纪念馆 ··· 89
　　济宁　太白楼 ··· 89
　　聊城　海源阁 ··· 90
　　聊城　山陕会馆 ··· 90
　　临清　大运河故道 ··· 90

桂林行（三首） ··· 91
　　抵桂林 ··· 91
　　游漓江 ··· 91
　　至阳朔 ··· 91

东北行（四首） ··· 92
　　吉林秋景 ··· 92
　　林海风情 ··· 92
　　天池瀑布 ··· 92
　　游镜泊湖 ··· 93

旅湘诗草（三首） ··· 93
　　参观岳麓书院 ··· 93
　　过蔡锷墓 ··· 94
　　访小乔墓 ··· 94

游踪吊古（六首） ··· 94
　　过镇江芙蓉楼忆王昌龄诗意 ····································· 94
　　南昌参观八大山人纪念馆 ······································· 95

过无锡阿炳墓…………………………………………95
　　黄山岩寺文峰塔下怀陈毅元帅…………………………95
　　黑龙江宁安古勃海国上京遗址…………………………96
　　黄龙府遗址………………………………………………96

东营胜利油田即景（二首）…………………………………96
　　油田即景…………………………………………………96
　　仙河镇新居民区…………………………………………97

闽西采风（八首）……………………………………………97
　　喜迎海峡诗词笔会兼赠台湾诗友………………………97
　　过长汀有思………………………………………………97
　　参观古田会议会址………………………………………98
　　汀江岸上遥见三峡移民新居……………………………98
　　游冠豸山遇雨雾…………………………………………98
　　冠豸山石门湖……………………………………………99
　　"振成楼"小景……………………………………………99
　　客家风情…………………………………………………99

尼亚加拉大瀑布（三首）……………………………………100

维也纳（四首）………………………………………………101
　　市郊村景…………………………………………………101
　　月亮湖……………………………………………………101
　　斯特劳斯故居……………………………………………101
　　多瑙河道上………………………………………………101

泰国风情（六首）……………………………………………102

马来西亚（二首）……………………………………………103
　　吉隆坡道上………………………………………………103
　　三保井……………………………………………………104

旅欧杂咏（九首） … 104
- 乘雨至因斯布鲁克 … 104
- 阿姆斯特丹 … 104
- 阿姆斯特丹郊外牧场 … 105
- 坐凤尾船游威尼斯 … 105
- 德国莱茵河谷 … 105
- 佛罗伦萨 … 106
- 罗马斗兽场 … 106
- 巴黎凯旋门 … 106
- 巴黎圣母院 … 107

旅美探亲杂诗 … 107
- 纽约市居民社区即景（八首） … 107
- 旅美家居闲趣（四首） … 109
- 赫德小镇素描（五首） … 110
- 旅美家居餐桌打油诗（六首） … 112
- 回国偶题 … 113

激扬思绪化梅花 … 114

南国短吟（二首） … 114
- 珠海小住 … 114
- 茶山小饮 … 115

杭州西湖（二首） … 115
- 西泠印社　闲泉 … 115
- 小孤山　林逋墓 … 115

看兰花展 … 116

花之吟（三首） … 116
- 梅 … 116

水仙 …………………………………… 116
　　紫玉兰 ………………………………… 116
诗思（二首）……………………………… 117
题遥桥峪灵岫花园（二首）……………… 117
结得诗缘染落霞 …………………………… 118
名心尽退道心生 …………………………… 118
答城中诗友 ………………………………… 118
观云治书法 ………………………………… 119
晚秋牵牛花 ………………………………… 119

竹枝外集

勉友人 ……………………………………… 123
梅园吟（二首）…………………………… 123
　　雨花石 ………………………………… 123
　　垂丝海棠 ……………………………… 123
咏玫瑰 ……………………………………… 124
浣溪沙（二首）…………………………… 124
玉楼春 ……………………………………… 125
临江仙 ……………………………………… 126
菩萨蛮（四首）…………………………… 126
　　小序 …………………………………… 126
　　姚金兰 ………………………………… 127
　　陈为华 ………………………………… 127
　　周玉莲 ………………………………… 128
　　赵炎 …………………………………… 128
登喜峰口长城怀古 ………………………… 129

游威海成山角	129
井冈山揽翠	130
梦游张家界	130
谒大禹陵	132
登雾灵山峰顶	133
访房山贾岛墓遗址	133
浙江桐君山品茗	134
访富春江严陵钓台碑廊纪辩	135
延庆杏花风骨赞	138
念奴娇·登衡山闻禹迹有怀	139
南乡子·海南三亚行（八首）	140
巫山一段云（三首）	142
济州岛一瞥	142
火山遗址	143
药水庵寻泉	143
纽约鸟类自然保护区纪游	144
《黄河人文志》出版喜赋	144
我驻南使馆英雄儿女归国感作	145
浣溪沙·参观海淀上庄纳兰性德史迹展览馆	145
浏阳谭嗣同故居参加谭嗣同殉难105年祭礼	146
神舟五号载人航天成功喜赋	146
送老于	147
刘征先生从事教育与文学活动50年	148
小序	148
悟到双清更识君	149
读《春日忆旧》致吴增祥老友	150

兴会诗缘久慕贤……………………………………… 150
感谢湖南省诗词协会赵焱森会长暨刘人寿、
　　李曙初诸吟长…………………………………… 151
北戴河夜读《淮文坛轶事》寄一强……………… 151
读《朱小平诗词集》……………………………… 152
贺于国厚老友《向往阳光》出版………………… 152
陪黎沛虹教授游龙庆峡…………………………… 153
读冯绍邦《枫窗闲赋》…………………………… 153
贺新郎·致段天顺同志…………………………… 154
听中国水利科学研究院周魁一教授
　　在凤凰台演讲感作……………………………… 154
参加房山区"贾岛诗歌学术研讨会"
　　怀念苗培时老先生……………………………… 155
赠大宝化妆品总公司董事长杜斌老友…………… 156
赠北京市残联理事长赵春鸾老友………………… 156
致王小娥总编……………………………………… 157
咏花篇（三首）…………………………………… 157
　　荆稍花…………………………………………… 157
　　珍珠梅…………………………………………… 158
　　死不了…………………………………………… 158
与残疾人书画家刘京生先生唱和诗……………… 158
兼葭秋水望东瀛…………………………………… 159
山到秋深红更多…………………………………… 160
喜晤老友郝士莹…………………………………… 160
贺陈莱芝老友八十华诞…………………………… 161
为王儒老作题画诗（二首）……………………… 161

红梅 …………………………………………… 161
　　翠竹 …………………………………………… 161
赠临宁诗友 ……………………………………… 162
诚谢祖振扣先生 ………………………………… 162
赠著名画家王建成先生（二首） ……………… 163
　　参观虎年画虎展 ……………………………… 163
　　纵横一杆性灵笔 ……………………………… 163
恭读李庆寿老先生《回忆录》并呈李老 ……… 164
恭读刘振堂
　　《壮哉1949——随四野南征亲履纪实》……… 164
题北京诗词学会成立10周年诗书画展 ………… 165
贺房山区河南中学山花诗画社成立 …………… 165
浣溪沙·贺北京军休诗词研究会成立 ………… 165
贺《诗词园地》会刊百期　致郑玉伟主编 …… 166
重振人间燕赵风 ………………………………… 166
贺香山诗社成立20周年 ………………………… 166
贺朝阳诗词研究会成立20周年 ………………… 167
西地锦（三首） ………………………………… 167
　　送"香儿"天使 ……………………………… 167
　　警花大爱 ……………………………………… 168
　　灾民"主心骨"——北川民政局长王洪发 …… 168
心香祭礼·李大钊烈士陵园（二首） ………… 169
重修马骏烈士墓 ………………………………… 169
平西抗日烈士陵园 ……………………………… 170
平北抗日烈士纪念碑 …………………………… 170
白乙化烈士碑亭 ………………………………… 171

赵然烈士墓……………………………………171
老帽山六壮士碑………………………………172
房山河北乡革命烈士碑亭……………………172
盘山烈士陵园…………………………………173
痛悼王立行同志………………………………173
缅怀还吾老……………………………………174
敬悼侯振鹏老局长……………………………174
敬悼王建中老会长……………………………175
哭陈宝全………………………………………175
深秋登高………………………………………176
自题扇画………………………………………176
自解……………………………………………177
五十感怀………………………………………177
六十初度………………………………………178
七十戏笔………………………………………178
寄妻……………………………………………178
银婚纪念………………………………………179
端庄大气做长门………………………………179
悟道何须上道山………………………………180
画出珠江一段青………………………………180
千字文章重似金………………………………181
嘱钢、强、跃、劲四儿女……………………181
大外孙段玉栋赴英留学获硕士学位喜赋……182
癸未元宵节寄大孙女贝贝（斯琪）…………182
勉贝贝在美考研究生…………………………183
贺贝贝考取哈佛商学院研究生………………183

勉外孙张兴……………………………………… 183
送外孙张兴赴法留学…………………………… 184
喜闻《新京报》专访张兴画事，因以示孙……… 184
听小孙女甜甜（斯钰）弹奏莫扎特名曲贺爷奶金婚… 184
满庭芳·四美立中庭……………………………… 185
楹联之页·小序…………………………………… 186
贺中科院院士著名历史地理学家、
　北京大学教授侯仁之老先生九十大寿………… 186
壬午春节向中华诗词学会春节团拜会赠联……… 186
壬午春节给蔡若虹老先生拜年·集蔡老诗句…… 187
贺中国水利史研究会老会长姚汉源
　老先生九十华诞………………………………… 187
为王儒老八十寿贺联……………………………… 187
贺野草诗社成立25周年…………………………… 188
为什刹海建金锭桥拟联…………………………… 188
辛巳春节向诗词专家陈明强教授贺年…………… 189
寄老友段义辅、李荣华拜年……………………… 189
寄北京杂文家学会副会长孙士杰老友拜年……… 189
老同学振智兄家境坎坷，值癸未新年
　摘袁枚诗句慰之………………………………… 190
敬挽王建中老会长………………………………… 190

竹枝散论

漫话竹枝词………………………………………… 193
　竹枝词的产生和发展概述……………………… 193
竹枝词的三种类型………………………………… 197

竹枝词的四大特色……………………………………… 201
竹枝词的艺术表现方法………………………………… 209
学习和研究竹枝词的几点启示………………………… 217
竹枝词与北京民俗……………………………………… 221
竹枝词里的爱情诗……………………………………… 236
竹枝词与时代精神……………………………………… 250
竹枝薪火亮京华………………………………………… 258
幽默风趣 并雅俗共赏………………………………… 268
我与竹枝词……………………………………………… 278

新竹枝词选

(1972—2009)

1949 纪事诗（二十首）

——为纪念中华人民共和国建国六十周年而作

小序

一任流光六十年，京都回望尽斑斓。
偶逢耄耋二三老，最忆开国新纪元。

北平和谈签字（五首）

中国人民解放军与傅作义和平谈判，从1948年12月15日开始，先后进行了三次，至1949年1月19日正式签字，和谈成功。

（一）

平津急转战云横，攻占天津围北平；
毛公发布和戎策，喜应开明傅宜生[①]。

【注】
① 应，响应。傅作义，字宜生。北平解放后，毛泽东主席对傅作义说："你是为人民立了大功的人"。

（二）

历代都城曾火城，干戈不识古文明。
和平代表缘何罪？不幸何宅罹祸横①！

【注】

① 原国民党北平市市长何思源是傅作义方面和谈代表。和谈期间何宅遭受国民党反动派炸弹袭击，何的幼女被炸身亡，何本人与家属均受伤。第二天，何思源仍义无反顾继续为和平而奔走。

（三）

戒严军警日巡城，暗哨盯人冬令营；
前夜传来大搜捕，汇文逮走数学生①。

【注】

① 人民解放军围城期间，国民党当局为固守北平，全城实行了戒严令，督察执法车日夜巡行。在学校中成立冬令营，派军队进驻组织学生军训，按年级派军人当指导员，学生出校门需请假。全城进行了多次大搜捕。据当时地下党中学委传来的信息，在和谈期间，汇文中学有数名学生被捕。

（四）

"护厂护校"迎解放，串联密访说安防。
绕过藩篱飞步去①，冲寒冒雪请师忙②。

【注】
① 藩篱，指盯梢、监视和校门站岗的国民党士兵。
② 在和谈期间，为做好两手准备，防止敌人破坏，根据北平地下党部署，余曾参加本校护校工作。通过秘密串联，建立护校组织，明确保护重点，争取进步教师的支持和参与。

（五）

艰难谈判一朝成，百万生灵免祸兵。
自古军功非好战①，举城奔告庆和平②。

【注】
① 自古句，意出自四川成都武侯祠对联。
② 和谈签字时，北平城内仍处于傅作义部队戒严状态。喜讯传开，市民喜不自禁，奔走相告，散发传单，张贴标语，以示庆贺。

欢迎人民解放军入城式（三首）

　　和平签字后，元月22日，傅作义公布和平解放北平问题具体实施方案。随即将20多万城内守军陆续开往城外进行改编。2月3日，人民解放军举行入城式。当天，余参与组织本校师生在东交民巷西口欢迎解放军入城。

（一）

倾城翘首望云霓，老少欢呼夹道齐。
欲睹雄师啥模样，"美式武器厚棉衣"。

（二）

轩昂队列进古城，"三大纪律"壮军声。
市民翘指称啧啧："不愧人民子弟兵！"

（三）

百姓欢腾心气高，行军两侧涌歌潮。
兴来更有少年仔，爬上军车特自豪[①]。

【注】
①　参加入城式的部队，有步兵、炮兵等兵种，一些青少年，兴奋地爬上军车，挥舞彩旗。

参加中共北平地下党员大会（五首）

2月4日，中共北平地下党员大会在宣武门国会街北大四院礼堂秘密举行。当时，北平中共地下党员约有3300多人。

（一）

口信飞传送喜风，三千踊跃会南城[①]；
相逢把臂无多语，不唤新名喊旧名[②]。

【注】
① 国会街属北平南城地区。
② 中共北平地下党员中，为了安全和工作方便，许多人都更改了姓名，故称新名。这次北平地下党员胜利会师，到了北大四院就像去了"解放区"，异常兴奋。许多老同学，老熟人乍见都称原来的名字，叫起来亲切；有的不知道改名，也有虽知新名，由于从未见面，今日一见原来相识，所以仍呼原名。

（二）

胜国功臣分外娇，主席台上识英豪。
林叶聂薄彭报告，全把心潮化掌潮[①]。

【注】
① 大会从当日下午召开，直到深夜才结束。主席台上出席的有：东北野战军、华北野战军各位首长和北平市委主要负责同志。记得林彪、叶剑英、聂荣臻、薄一波等讲了话；北平市委第

一书记彭真做工作报告。会上还见到闻名久已的华北局城工部部长刘仁同志。与会党员对他们的讲话和报告抱以热烈的掌声。

（三）

心热不嫌冬夜冷，欢声撑破会堂高；
细听聂总温馨语，称赞城工第二条①。

【注】
① 毛泽东把党领导的国民党统治区城市反蒋群众运动称为解放战争"第二条战线"。聂荣臻同志讲话中表扬了北平地下党的工作，赞扬长期坚持地下斗争的同志们所取得的成绩，并要求党员要学会掌握中央政策，管理好城市。

（四）

历届书生赴国艰，黎明烽火继薪传。
纵然前季遭摧折，又进Ｃ Ｐ四少年①。

【注】
① 余读书的河北高中，有地下党员近20名参加了这次大会。该校是一所有革命传统的名校，早在"一二·九"爱国学生运动中就有党的活动，直到北平解放，延续未断。1948年春，虽遭国民党特务迫害，逮捕十几名进步同学，其中有党员，但不久恢复活动。同年秋新学年开始，又增四名党员。其中三人不足18岁，王蒙仅14岁，王后来曾任国家文化部部长、中共中央委员，是当代著名作家。

Ｃ.Ｐ是中国共产党的英文缩写，地下党学生党员常使用此代称。

（五）

人群惊现父容颜①，跨步流星奔面前。
凝对移时疑是梦，泪花湿了眼镜边。

【注】
① 父亲段西侠，长期从事党的地下工作，在抗日战争和解放战争期间，我们海淀住家是党的地下交通站，但父亲从未向我说过。余考入河北高中后一直住校。为遵守地下党的纪律，也从未对父亲透露过我入党的事。此次大会相遇，父亲惊喜万分。

北平解放后，父亲曾任北京第八中学的第一任校长，终生从事教育工作。

喜闻人民解放军占领南京（二首）

从中央人民广播电台广播听到：4月22日，人民解放军百万大军渡过长江。4月23日占领南京。河北高中师生听后纷纷跑出教室，欢呼庆祝。

（一）

大江咆哮万马来，远遁惊魂黯浙台①。
已是赤旗昭新宇，兴亡送尽旧秦淮。

【注】
① 南京解放时，蒋介石先逃到浙江老家，后去了台湾。

（二）

金陵王气轰然去，峡海澎台不胜愁。
"蒋家天下陈家党"①，都付长江作浪头。

【注】
① 蒋家句,是当时社会的流行话语。

参加天安门广场开国大典（三首）

  1949年9月21日，在北平召开"新政协"大会。毛泽东在会上宣告："中国人民从此站起来了"。10月1日下午3点，北平30万军民齐聚天安门广场，举行开国大典，毛泽东庄严宣布："中华人民共和国中央人民政府成立"。
  余当时是河北高中青年团总支书记，参与组织学校师生在金水桥以南地区参加开国大典。师生手持彩旗，席地而坐，高唱革命歌曲，大会开始后，全场起立。

（一）

艳阳高照彩旗飘，人气沸腾接碧霄。
一声新中国成立，泪涌天安金水桥①。

【注】
① 毛泽东主席宣布"中华人民共和国中央人民政府成立了"，广场人群在大会结束时，涌向天安门前金水桥，与城楼上毛泽东主席等中央领导上下欢呼，群众喜泪涌流。金水桥位于天安门前，相排有三座。

(二)

弱国人民世代贫,百年沦落作呻吟。
谁人识得今朝泪?雪洗神州屈辱魂!

(三)

金水天安万众欢,人潮泛起望缤繙。
前车有鉴须常问,血泪江山待细看①。

【注】
① 看,读平声,音堪。

余声

承平有味夕阳天,鸿爪雪泥志盛年;
一代风华开国事,教人几度倚栏干!

2009年4月

北京八中忆旧(八首)

(一)

一别沧桑五十年,八中新貌耀新天。
抚今难忘宣南路,苦雨飚风忆岁寒。

我于1945年秋至1947年夏在四存中学读书，后考入北平市立八中，1948年初中毕业，于今四十八年矣。当时八中是由北平市立第一临中和北平市立初级商业学校合并而成。校址在宣武门外的梁家园。

（二）

扬州会馆百人居，破瓦危房蛛网眯。
最是严冬缺炭火，蒙头个个似鸡栖。

两校合并为市立八中后，扬州会馆成为学生集体宿舍。这是一座有二百多年历史的老会馆，住学生一百多人。

（三）

苦读三年夜幕长，床头盏盏闪荧光。
联星堂外清泠月，也伴学人下户廊。

联星堂是扬州会馆一座正厅，有清乾隆时期刘墉的题匾。我们初三学生二十余人就住在这里。由于经常停电，学生每人有一盏小油灯，常常苦读竟夜。

（四）

窝头咸菜涮锅汤，学子莘莘体弱黄。
纵有当局施救济，只充半饱哄饥肠。

国民党政府曾通过美国救济总署对贫困学生发放面粉，规定三人分两袋面,一袋约重四十斤。

(五)

纷纷三两走胡同,卖票沿门好话穷。
白眼尽遭挥斥去,推销《花落水流红》。

1948年夏,市立八中第一届毕业生毕业(初中两班,高中一班),准备出一本纪念校刊。为筹集资金,由毕业生组织起来,三五成群走街串巷卖电影票。记得有一场电影片名《花落水流红》。

(六)

嘈嘈乱世欲其何?《七月》丛刊夜读多。
细语秘传民主场,一时争看"马凡陀"。

1948年北平反对国民党反动统治的学生运动日益高涨,对八中学生很有影响。有的同学将进步书刊秘密带进学校中流传。有的同学互相串通到北大民主广场看墙报。《马凡陀的山歌》是袁水拍同志揭露国民党反动派的诗歌集,当时在青年学生中广泛传看。

(七)

壁报满墙民主标,同班三五兴致高。
只缘有句文中刺,幸遇先生许述尧。

1947年四存学校当局标榜民主,号召各班办壁报。我们初中二班几位同学也兴致勃勃地办起了壁报。不料,我在一篇小文中有反对国民党三青团在学生中搞活动的话，惹出了麻烦。校内国民党、三青团分子声明要找我"算账"，幸有英文老师许述尧先生做工作才得解脱。壁报也不再办了。

（八）

低语温温问有无？紧掬旧币换新蚨。
当时未解慌忙意，背影匆匆入雾都。

先父段西侠先生曾在八中任国文教员，北京解放后任八中校长。他早年参加革命，在北平做地下工作。1947年春，我那时在四存中学读书。一天清晨，父亲尚未醒来，我从他的衣袋里拿了几张崭新的钱票，准备到校买早点。但当我到校门口时，他也骑车赶到了，带着慌忙的神色问我，新票花了没有？我说，还未花。他高兴地要回了新钱票，随手拿出几张旧票给我，然后匆匆离去。我当时未解其意。北平解放后，他告诉我，新票是党的秘密信件，如果花了，就误大事了。

写于 1996 年 3 月

百年忆母竹枝歌（三十首选十二首）

——纪念母亲诞辰100周年

母亲张玉智，1908年生于北京房山区河东村，1984逝世。享年77岁。值母亲诞辰100周年，成竹枝歌30首。崇德致远，咏歌母恩。

段天顺恭记
戊子年春

山乡母教（六首选三首）

（一）

年轻妈妈爱唱歌，尤喜"梅花"哼俚歌。
偶有心情抒抑郁，《悲秋》一曲动星河。

母亲曾在民国时乡村新式小学读过几年书。在学校里学过当时流行的"正月里梅花报早春"等歌曲，记得妈和大姐（大伯父的女儿）在书挑子上买过一些民间唱本来唱。《悲秋》是一首古曲，歌词凄婉，母亲有时哼唱这支歌。母亲去世后，我从一组《民乐古典名曲》CD中，发现这支曲调名为《寒江残雪》。每当我听到这支曲，就想起童年时母亲的歌声。

（二）

贤惠媳妇邻里闻，每听祖母夸娘亲。
"段家三个男孙辈，个个都有养育恩"。

　　三个男孙，指我、天佑和天济。天佑是二伯父的儿子，与我同岁，因其母没有奶，我和他同吃母亲的奶。天济是我同父异母的弟弟，母亲抚养到九岁才离开，视如亲生。

（三）

生逢战乱苦山村，鬼子走了"白箍"频。
母亲携弟带两妹，深山羊圈暂栖身。

　　白箍，指国民党还乡团。日本在卢沟桥发动侵略战争后，不久即占领家乡。母亲曾带我跑到山洞里躲藏。解放战争期间，为躲避还乡团反攻，几次携弟及两个妹妹逃往深山羊圈中过夜，倍受苦难。

新开路摇篮（十首选四首）

（一）

母携幼妹到京初，缝补浆洗换米蔬。
苦撑数载不言苦，犹勉爱儿好读书。

　　北京解放初期，母亲携两个幼妹来京，居住在阜城门外南营房。以缝洗衣服度日，生活异常艰难。但仍勉励我，要我好好读书。

（二）

胡同沧桑二十年，双双儿女育摇篮。
先后两妹成婚去，老了妈妈发鬓斑。

在新开路居住廿年，我和妻先后生养两儿两女（钢、强、跃、进），他们都在母亲的精心抚育下，成长在这条胡同里。两个妹妹也先后在这里结婚。

（三）

常听老母说荣光，儿媳陪临大会堂。
喜遇座旁周总理，一同观赏话家常。

60年代初，由妻子桂沉陪同母亲去人民大会堂内的小礼堂观看演出，喜逢周总理和夫人邓颖超前来观看，由于来得稍晚就坐在母亲身旁的座位上，边看演出，边与母亲聊家常。

（四）

勤快精明内外抓，助人为乐四邻夸。
居委会里当治保，远近皆知段大妈。

六里屯晚晴（七首选二首）

（一）

母亲半世爱花草，凤仙茉莉夹竹桃。
年年六里屯居室，蟹爪莲开分外娇。

（二）

老来心事每多牵，花镜图书启智田。
一部"红楼"千载梦，也曾伴过夕阳天。

咏歌母恩（七首选二首）

（一）

一世艰辛施雨露，儿孙两代各争芬。
百年风雨瞬息过，娘是咱们保护神。

（二）

回想巴西万里航，里约梦里见亲娘。
行前叮嘱殷殷意，醒后怅然泪千行。

母亲去世后，多次梦见老人家。1986年，我首次出国，随民政部代表团出访巴西。在里约热内卢，又梦见母亲，殷殷叮嘱，万里牵肠。醒来怅然，泪如雨下。

2008 年 9 月

十月短歌

1976年10月6日，党中央一举粉碎"四人帮"。消息传开，人们奔走相告，据传，当晚京城多销售了10万瓶酒。

忽报人间"四害"除，春风二度入京都；
家家欢举盈杯酒，十万"白干"一醉无？

1976 年 10 月

叙旧（四首）

新中国成立初期曾在京城一起工作的老友王蒙、王晋，在1957年蒙不白之冤，后于1979年先后平反。1979年3月，当时王蒙还在新疆工作，适来北京，二友应邀来舍下相聚，相见唏嘘，得小诗四首记之。

（一）

廿载平冤万里驰，京华旧友聚相知。
唏嘘把臂无多语，共道观音赐柳枝。

（二）

十年水火庆余生，屈指存亡数旧人；
欲问安危何所系？"浮沉进退且从容"。

（三）

摩肩携手话当时，时笑时羞复有痴；
莫道流年双鬓染，苍声犹唱《柳如眉》。

（四）

鱼尾纹深发亦疏，华年不待志难除；
留将锐气争朝夕，引领风骚写雄图。

1979年3月

四首小诗寄给王蒙后，同年4月10日，接到蒙兄回信。信中说："来信收到，华章诵悉，浮想联翩，唏嘘不已。可惜我文债高筑，穷于应付，未能酬答唱和，甚憾。……春意料峭，北京冷，塞外更冷，春风不度玉门关。写此信时，塞外寒风似雪，银装素裹，室内炉火熊熊，故人几千里，边疆十六年，合乎？分乎？运乎？看来浮沉有定，非人力不可免强，我们总算躬逢盛世，不枉此生了。焚香祷告，惟安定团结四字。

最近忙些什么？读华章，觉得吾兄在经济基础与官场中仍不失诗心，故人之情，拳拳之意可感。"

大约同年夏，王蒙夫妇正式调回北京，当时暂住于崇外光明楼。我去看望他，他紧紧握住我的手，高声说道："唏嘘把臂无多语，共道观音赐柳枝！"我惊异于他的好记性。

2010 年补记

天安门金水桥咏史（六首）

（一）

翠带环流出禁城，天安门外玉桥横；
分明一面盈盈镜，鉴古凭今记废兴。

（二）

紫禁城深望翠遥，御沟春水腻香飘；
六宫为博君恩幸，粉渍天安座座桥。

（三）

一脉天光接五云，明清几度历纷纭；
至今桥外石狮子，犹有瘢伤记甲申。

金水桥前西侧石狮，腹部有三角型凹伤，相传为李自成进北京大战棋盘街时，用长枪击伤。

(四)

　　百年国耻愤元元，怒展旌旗卷巨澜；
　　民主科学真勇士，时人齐赞"马天安"。

　　1919年五四运动时期，学生领袖马骏曾领导群众在天安门与反动政府进行英勇斗争，时人称他为"马天安"。马骏，回族，1895年生，1919年9月与周恩来同志组织"觉悟社"，1920年，加入社会主义青年团，第二年加入共产党。1927年大革命失败后，任中共北京市委副书记兼组织部长，1928年2月壮烈牺牲。

(五)

　　天安十月响春雷，金水红旗荡曙晖；
　　卅万军民欢庆日，烟花万点破天飞。

　　1949年10月1日，毛泽东主席在天安门城楼上庄严宣布，中华人民共和国成立，开始了新中国的新纪元。

(六)

　　尘消风暖艳阳天，五色游鱼引客观；
　　最近两厢妆翠锦，万人争看彩喷泉。

1982 年

香港回归

——记香港总督府降旗仪式（四首）

英国驻香港最后一任总督彭定康于1997年6月30日下午4时30分告别总督府，英国米字旗也最后一次降下，中央电视台播放降旗仪式。

（一）

末任总督五载忙，呕心只在换新汤；
花言自有千般巧，仍是殖民旧药方。

彭定康1992年7月担任港督后，精心炮制"三违反"政改方案，想最大限度保持其对将来香港特别行政区政权影响力。

（二）

云暗香江雨洗楼，百年米字正凝愁；
老天似有垂怜意，故作潇潇伴泪流。

据路透社香港电："彭定康直率地承认，在正式告别过去5年的官邸之际，他要用手帕来拭去泪水。"

（三）

缓缓英旗下地垂，总督心事已堪摧；
逡巡欲解愁滋味，再向空楼绕几回。

从屏幕上看到英国米字旗降下后，彭定康不忍离去，又坐车在总督府楼院内转了几圈。

（四）

楼前木立正伤神，忽见荆花满港新；
顿悟今天非昨日，卷旗携眷奔英轮。

英国一艘白色汽船，正在香港码头等待彭定康永远撤离香港。

1997年6月30日夜

"九八"抗洪谣（十首）

序

九八抗洪，民族一搏；
国魂之光，慨当以歌。

生死牌

在武汉龙王庙险段堤闸上,悬挂有16名共产党员签字的"生死牌"。牌宽1米,高80公分,赫然写着"誓与大堤共存亡"七个大字。(见8月17日《北京青年报》)

(一)

壮语擎天七字铭,抗洪前线作先锋。
一牌树起万牌举,一座红牌一泰峰。

(二)

曾教生死塑人生,重似泰山轻似鸿。
纵有狂涛千钧力,十二亿人锁长鲸。

抗洪英雄高建成

空军高炮五团一连指导员高建成,在洪水决堤危急时刻,把生的希望让给他人,把死的危险留给自己,为抢救8名群众和战友英勇献身。中央军委主席江泽民签署命令,授予他"抗洪英雄"称号。(见8月17日《文汇报》)

红旗猎猎送英灵,撼地惊天高建成。
亿万军民齐落泪,敢将一死换群生。

抗洪子弟兵

　　长江和嫩江、松花江发生洪水后,人民解放军和武警部队投入兵力27.4万人。他们日夜奋战在抗洪抢险第一线,充分发挥了突击队作用。(8月27日《人民日报》)

　　　大军不怕苦和累,钢样人墙铁样臂。
　　　堵口巡逻守前沿,堤当枕头天当被。

罗典苏

　　湖南岳阳市市委常委、宣传部长罗典苏,在抗洪抢险中昏厥在大堤上。经过六个多小时抢救才苏醒过来。住院数天病情尚未稳定,他又出现在抢险大堤上。(见8月22日《人民日报》)

　　　累倒江堤百姓忧,稍安又赴险堤头;
　　　国人齐赞"罗公仆",仰看巍巍岳阳楼。

书记六上白沙滩

吉林省委书记张德江六次去被水围困的白沙滩解决灾民困难。为减轻群众负担,他们只喝了半杯水,乡党委要留吃饭,他们执意不肯,仅拿了一根熟玉米,掰成五节,分给随行人员做午餐。(见8月24日《人民日报》)

　　心连孤岛水粮艰,斩浪冲锋六上滩。
　　难拒乡亲情意切,一根玉米五人餐。

水利专家

大水压境时,谁拥有水利专家,谁就拥有抗洪的"诸葛亮"。(见8月20日《文汇报》)

　　百千"诸葛"智谋高,不教洪魔乱"跳槽"。
　　调水减峰治管涌,土洋结合有奇招。

四代人登台捐款

86岁的薛雯老人率领全家四代17口,在赈灾义演晚会上登台捐款2.3万元。(见8月21日《北京晚报》)

　　四代同偕献赈金,苍苍白发红领巾。
　　"同胞受难我同难,率领儿孙表爱心。"

北京妈妈捎口信

张京辉的母亲给抗洪前线儿子捎口信说:"你在前线不干得漂漂亮亮就甭回来,得让人知道,北京兵可不是熊包。"(见8月27日《北京晚报》)

燕山儿女重豪侠,勇赴长江锁巨鲨。
父老叮咛多壮语:狂涛不退别回家!

1998 年

北京奥运花絮竹枝歌(十三首)

序

奥运来了喜煞人,"鸟巢"门票买难寻。
老夫找个清静地,坐览银屏看更真!

李宁点燃圣火

体操王子胆气豪,携云揽月太空飘。
四十亿人齐仰首,轰然圣火照天烧。

李宁以独特的太空行走方式,点燃奥运开幕圣火。李宁是我国体坛名将,在世界体坛争战八年,夺得14次世界冠军,人称"体操王子"。据说全世界看开幕式的有40亿人。

题我国女子体操冠军六人集体照

水葱小将一般齐,头上光环拢发髻。
谁信神州夺冠手,翩翩多是"九〇"妮!

六名小将,除程菲20岁,其余17岁1人,16岁4人,都是"90"后出生。

我国运动员囊括男女乒乓球单打金、银、铜全部奖牌

三面国旗两次扬,掌声雷起庆容光。
莫言球小无足重,曾引金桥过大洋。

大洋,太平洋。指50年代"乒乓"外交,中美建交之举。

"小眯"无敌

自幼多动四川儿,翻腾挪转任高低;
满挂三元金镶玉,无敌名将叫"小眯"。

"小眯"是我国体操小将们对邹凯的昵称。小将邹凯,20岁,在我国男子体操团体夺冠后,又拿下自由体操和单杠的个人冠军,一人连获三块金牌,可谓英雄无敌。

吴静钰

巾帼生来是武魂，跆拳道里绝技人；
打头高腿无敌手，"三四男人难进身！"

吴静钰，我国女子跆拳道49公斤级冠军。第四句是她的教练说的话。

博尔特（二首）

（一）

百米飞人博尔特，从容"三冠"惊世界；
恰逢双喜廿二春，倾"巢"共祝生日乐！

博尔特，牙买加人，在男子100米、200米和400米接力，获取三金，连破世界记录。时逢博尔特22岁生日，九万"鸟巢"观众为他齐唱生日歌。博尔特高兴地跳起牙买加舞。

（二）

"飞人"群出何门道？媒体纷传各有调。
小博阿爹有一说："自幼就爱吃山药"！

牙买加屡出世界级短跑名将。小博，指波尔博。

菲尔普斯

"飞人"入水乐开花,连续夺金数到八。
刚学中国吉祥话,两指一伸笑喊"发"。

美国游泳巨星菲尔普斯,在这次奥运会勇夺八金,创历届奥运之冠。

栾菊杰

曾记"扬眉剑出鞘",勇夺金牌创洛奥。
半百雄风未减芒,红旗问候"祖国好"!

栾菊杰,24年前曾在洛杉矶奥运会为中国夺得第一枚击剑金牌,《人民日报》以《扬眉剑出鞘》一文报道。如今,她在半百之年代表加拿大复出北京奥运会参赛,并亮出红色横标问候"祖国好"!

又听宋世雄解说女排之战

又听当年美舌喉,甜、亮、刚、清鼓加油;
一声背飞、短平快,教人怀想"铁榔头"!

中国夺了金牌王

奥运作东里外忙,中国夺了金牌王。
万方瞩目多赞语,些许微词也正常。

北京奥运,中国获得51块金牌,为此次奥运会之冠。

志愿者的魅力

曾带狐疑"搜"事由，欲将"空气"作"油头"。
热诚待客心田暖，换了"隔阂"赞友俦！

据美国《芝加哥论坛报》载称：一个志愿者足以改变一个游客的感受。这是我从一周的各种经历中领会到的许多东西之一。

据称，北京有170万名奥运志愿者。

2008年8月23日

北京残奥会竹枝歌（三首）

盲人火炬手平亚莉

褐黄义犬导前巡，万目惊观复问询；
有答"廿四年前会，中国夺金第一人！"

北京盲姑娘平亚莉，在1984年纽约残奥会上获得跳远冠军。她成为中国残疾人第一个在残奥会夺取金牌的运动员。当时，余曾作竹枝词有云："奖牌抢眼列鳞鳞，几块属于中国人？谁信盲人平亚莉，风云叱咤首夺金。"

24年后，她由导盲犬引导，担任开幕式上的火炬手。

永不停跳的舞步

万千足尖舞旋回,如幻星光闪素辉;
静里乾坤齐凝首,"芭蕾女孩"带梦飞。

　　四川北川县十一岁女孩李月,酷爱芭蕾,学习不足两年,不幸在汶川大地震中失去左腿。她说:"虽然地震夺去了我的左腿,但是我永远不放弃芭蕾梦想。"
　　开幕式文艺演出,以数百失聪失语者用双手做出千万足尖作舞式,李月拥簇空中以上身与双手作舞,形成了美轮美奂永不停止的芭蕾舞步。

太阳鸟

天上飞来太阳鸟,背负晨光报春早。
谐声一唱万物苏,泛起祥云和梦绕。

　　太阳鸟从鸟巢顶端缓缓飞下,将吉祥和梦想传递给人间。

2008 年

十三陵水库情思（二首）

　　十三陵水库位于昌平县明十三陵地区的东南边缘，纳东沙河。水库自1958年元月开工，当年7月竣工。库容8100万立方米。中央领导干部以及全市40万人参加修建水库的义务劳动。1974年秋，十三陵水库蓄水达4800万立方米，为建库以来仅见。

（一）

登高临远碧粘天，万顷晴波漾翠岚；
猛忆郭公诗句好，"四山环水水环山[①]。"

（二）

曾记当年水利兴，红旗历乱战荒荆；
一锹挥起山河动，化作全民筑坝声[②]。

【注】
① 诗人郭沫若于1958年7月1日水库建成日写诗云："雄师百万挽狂澜，五载工程五月完。从此十三陵畔路，四山环水水环山"。
② 1958年5月25日，毛主席率中央机关干部到十三陵水库工地劳动，从此兴起全国水利建设高潮。

1974年

密云水库览胜（五首）

密云水库始建于1958年，汇纳潮白二河，1960年竣工蓄水，库容43亿立方米，为华北地区第一大水库。1975年最大来水量为34亿立方米，为建市以来最高蓄水量。

大坝纵览（二首）

（一）

浩海漪澜望眼宽，千峰浮水水浮天；
回望十年九旱地，京都存亡一线牵。

（二）

一自潮白汇燕山，古堞崇关绕翠岚；
轻抛银线织京畿，绘出新都锦绣园。

云山晚望

群峰迢递水悠悠，闲爱云山静爱秋；
最是晚晴斜照里，淡烟轻裹古烽楼。

鹿皮关听瀑

独立关桥披晚风，遥听幽谷奏琴筝；
清音扬抑随流水，散入烟波伴橹声。

烽台云雾

五座危楼插汉霄，淡云薄雾伴朝朝；
依稀似见将军立，雪满弓刀镇蓟辽。

这一带长城烽火台均是明代守边名将戚继光所建。

1975 年

官厅水库新貌

官厅水库位于河北省怀来县境内，1951年开工修建，1954年竣工，库容为22亿立方米，为新中国成立后最早修建的大型水库。

千年忧患枉前贤，冷月黄流照野滩；
一自粼粼千顷碧，花明林茂柳凝烟。

1975 年

怀柔水库雨姿

  怀柔水库位于怀柔县西侧，建于1958年，库容1亿立方米。京密引水渠建成，怀柔水库成为密云水库向京城输水的调剂水库。

  空濛细雨弄柔丝，淡抹湖山秀丽姿；
  赖有东风添妙趣，轻舢拍浪破云飞。

  水库北侧曾建有水上运动学校，利用水面进行水上运动训练。现已停用。

1977 年

白龙潭水库

  小潭如镜绿萝披，石坝玲珑巧样姿；
  昨日溪头初涨水，一帘碎玉泻丝丝。

1986 年

疏浚温榆河纪事（七首）

　　从1970年冬开始，分期用四个冬春治理温榆河和北运河。京郊区县先后有十几万人参加治河劳动。余自1971年冬至1972年春曾参加第二期疏浚治理。

（一）

　　温榆河水黄又黄，断岸残堤乱草荒；
　　最是暑天连夜雨，沿河百里尽汪洋。

（二）

　　百年害水苦安澜，"根治海河"号令传；
　　一展旌旗千村起，民工十万扎营盘。

（三）

　　河水流淌汗水流，红旗招展劲如牛；
　　一日十分补三角①，菜油灯下议"评优"。

（四）

　　秋雨连绵最难过，寒风刺骨战泥河；
　　个个争当擒蛟手，为民造福英雄多。

（五）

席棚小报最火红，快板夯歌小品精；
最是主编方法好，表扬为主受欢迎。

（六）

四载冬春苦战艰，温榆旧貌换新颜；
闸桥座座横如练，岸柳毵毵绿作栏。

（七）

新河潋潋漾晴晖，蓄泄全凭人指挥；
捧饮一掬堤下水，光辉七字暖心扉。②

【注】
① 治河民工每人每天补助3角钱，本队（村）记10个工分。
② 治理温榆河是响应毛泽东同志"一定要根治海河"的号召而发动。温榆河属海河水系。

1972年作，1996年修改

小水电站

背倚青山傍浅涯，早迎旭日晚披霞；
分得一缕青溪水，直把浪花变电花。

1978年

窗口桐花

水利局办公室窗前有泡桐树,春来繁花满枝,清香四溢,扶疏花影,摇曳于室内墙壁水系图上。

一树桐花影扶疏,临窗拂我治水图;
频频俯首如相问:"又缀青山几碧珠"?

1978 年

小水库除险队

踏遍青山走水涯,攀岩除险细观察;
野炊一缕餐汤美,贴饼、熬鱼、木缆芽。

1982 年

灌区农事(三首)

北京平原上的广大农田,有万亩以上灌区40多处,实现了灌溉水网化。

(一)

脉脉燕山隔霭烟,白杨初染玉围栏;
堤平渠满杨花水,响入畦田绿浪间。

(二)

南北渠流照眼明,干支毛斗各疏通①;
闸工才立责任制,赤脚荷锹跑垄塍。

(三)

看似农家近水闸②,方方小院绿杨遮;
冬修春灌防伏涝,田事归来披月华。

【注】
① 灌区按配套通水分为干渠、支渠、斗渠和毛渠。
② 各灌区均有管理所,人员不等,专司水务。

1985 年

延庆灌区(二首)

(一)

引水依山斗干分,渡槽南北育粮屯;
秋葵更解丰收乐,捧腹便便笑迎人。

（二）

山区农稼水当家，叠叠梯田绿满崖；
林果同沾及时雨，黄梨红枣赤山楂。

1985 年

京都第一瀑

远闻鼙鼓自天来，近看狂涛落碧崖；
不管干戈消歇久，雄声犹绕旧烽台。

1985 年

水文站（三首）

（一）

临崖筑室傍河湾，测水晨昏不计年；
暑雨洪流追险浪，严冬风雪涉冰川。

（二）

踏浪量风苦作甜，风当手鼓雨当弦；
闲情自有乐天趣，测尺铅鱼伴钓竿。

（三）

青砖小院栅门斜，量雨测流站当家。
捡得余闲种菜圃，一畦扁豆一畦瓜。

为及时测量水情和雨情，在沿河道重点地段设水文站，有专人作测量记录工作。80年代初，北京地区河道设有水文站三十六处。多在离村庄较远的偏僻地段，水文人员工作条件十分艰苦。

1985 年

山区喷灌

惊疑孔雀落深山，翠羽屏开态万千；
曳起随风旋旋舞，一时撩乱夕阳烟。

1985 年

龙庆峡冰雕展（二首）

1986年冬，在龙庆峡古城水库首次举办冰雕展览，一时轰动京城，数十万人往观。

（一）

一夜琼楼落碧穹，京都百万动倾城；
欲从人境观仙境，奔越长城到古城。

（二）

不坐飞机不乘槎，入峡一步到仙家；
都人爱问蓬瀛事，争睹晶宫宝石花。

1986 年

遥桥峪夏景（七首）

　　遥桥峪水库，位于密云县东北80公里的崇山峻岭中，纳安达木河，可蓄水1900万立方米。1984年建成。

楼望

峪口遥桥景色幽，依峦重阁伴云流；
启窗迓看新湖色，无数青山入小楼。

湖影

闲倚闸阶望翠湖，千峰错落水中浮；
轻风掠影山山动，出岫白云任卷舒。

晨景

雨洗青山山洗云，轻梳慢理笼青林；
初阳欲吐晴光丽，片片朝霞作锦鳞。

黄昏

湖面斜阳覆碧澄，山根曲岸起苍暝；
纵然暮色遮千岭，犹有彤云绕雾灵。

夜坐

湖风涤暑晚凉生，小院星稀月满盈；
坐久贪听虫奏曲，不知清露着衣浓。

古城堡

城堡方方居百家，屯兵旧迹绿杨遮；
村童仍爱习攻守，惊起水塘数群鸭。

遥桥峪村，位于水库坝下右侧，有七十户人家，四周有城墙，南门开城门，城墙有马道，可通城上。系古代屯兵之所，为明代万历年间所建。至今古堡建筑完整，古风貌犹存。

婆婆岭

出水孤山似老妪，龙钟驼背锁愁眉；
寻儿未果城楼下，掩泣千年不肯归。

　　湖中有小山突出水面，当地人称"婆婆岭"。极似半身驼背老妪，头上有发髻，眼鼻口清晰可辨，表情愁苦，直面山峦上耸立的古烽楼。

1988 年

望司马台长城

危堞神工司马台，将军奇胆建崔巍；
插天绝壁千寻上，络绎烽楼天际排。

　　北京地区的长城为明代万历年间守边名将戚继光主持修建。

1988 年

缅怀北京水利局总工程师高振奎老先生（五首）

北京市水利局原总工程师高振奎同志于1997年11月2日溘然长逝，终年83岁。11月6日参加遗体告别时，闻老总生前有遗言：自己一生清正、清白，喜爱清净。听后感慨系之。因成小诗五首，以志缅怀。

（一）

未肯人间享寿翁，飘然一去挽清风；
泉台许是遭洪水[①]，急请先生做"总工"？

先生一生乐观豁达，言谈风趣。余每次见面问及健康时，他总说："快向八宝山报到了"。

【注】
① 泉台，指传说中的冥界。

（二）

曾捋"龙须"通"四海"，更挟雷雨锁狂洪；
京都绿障堤闸美，老总从来不计功。

新中国成立初期，高总曾主持治理"龙须沟"，疏挖北海、中南海、什刹海和后海。其后，在修建十三陵水库、密云水库、京密引水等工程中主持施工技术工作。

（三）

抗敌修路历险程，尽把辉光献燕京；
劫后更坚经国志，斧镰旗下做新兵。

高总1938年毕业于唐山交通大学，曾在滇缅公路、铁路任工程师。"文革"时惨遭迫害，平反后依然投入水利建设，曾任密云水库抗震加固指挥部总工程师。1985年，以71岁高龄加入中国共产党。

（四）

水志长编总纂成，十年灯下费经营；
潇洒文章多丽采，只将妙笔化真情。

从1980年开始，高总主编《北京水利志稿》，几易其稿，亲自修撰，十年始成。

（五）

一代工师卧碧峰，潮白永定颂清名；
萧然一钵铮铮骨，伴与山青并水清。

高总骨灰遵嘱安放于密云水库山上。

1997年11月6日参加高总遗体告别仪式后作

菖蒲河纪事（五首）

　　菖蒲河，是明初永乐年间建北京城时所修建。属于明皇城的东苑内河。位于天安门前的金水河以东，经北池子至南河沿的一段。

　　在"文革"时期和以后一段时间，该河被盖板成为一条暗河。1998年秋，余邀约水利界朋友曾作探访。同年12月在北京市人大常委会议上余提出恢复菖蒲河的建议。两年后于2001年4月又在北京市人民代表大会上与代表联名提出恢复菖蒲河的书面建议。2002年春北京市政府正式将恢复菖蒲河列入北京历史文化名城保护规划。同年组织施工，并于年内竣工。受到市民的广泛欢迎。有感而为小诗以记。

东苑

　　金水东苑菖蒲河，明皇累代起巍峨。
　　睿王车马金腾后，却话沧桑寂寞多。

　　明代在菖蒲河上建有富丽堂皇的建筑群。明人有诗称："层台凌碧落，凭栏北斗齐。"

　　清朝建立后这里建有多尔衮睿亲王府。清诗人吴梅村诗："七载金腾归掌握，百僚车马会南城。"多尔衮死后，因罪夺爵位，府亦荒废。

访旧

几度逡巡觅旧痕，东苑遗迹渺难寻；
辛勤串巷询三老，半是民街半废湮。

呼吁

为爱新京复古津，刘郎未改壮时心；
相知三五勤呼吁，终信东风送好音。

开工

翘首开工彩旗飘，掘机土铲响连宵；
牛郎喜问修河事，何日行舟织女桥？

昔时菖蒲河东西都有桥。西端叫织女桥（位于南长街），东端叫牛郎桥（位于南河沿）。两桥虽相隔不远，但由于中间是皇城禁地，市民要绕远路始能达到。正是"流入宫墙才咫尺，便分天上与人间。"

新姿

金桥碧水柳垂荫，闲步新河脉脉馨；
大道红墙咫尺地，一川清韵涤俗尘。

2007 年 9 月改旧稿

柳荫湖即景（四首）

（一）

安外徐行二里遥，回塘花树柳飘萧；
生成恬淡羞人识，自掩墙门任长消。

（二）

曲径幽花柳参差，疏离小圃别容姿；
"知鱼廊"下多童趣，时有孩群嬉藻池。

（三）

隔河北望苇潇潇，一片空濛伴寂寥；
欲渡岸边询钓老："快走搭水慢走桥"。

（四）

半河萍叶半河风，千缕柔条漾水明；
莫怪园丁疏剪理，还它野趣自横生。

1990 年

红螺寺三绝（三首）

紫藤寄松

一架松藤半亩荫，交柯翠盖紫萝氤。
纵然风雨千年后，犹是缠绵旧侣人。

千年银杏

挺干英姿接碧天，萧萧千载送云烟。
只缘参悟风铃语，依旧翩翩老少年。

寺前竹林

只为袈裟养素园，千竿耸翠照禅垣。
而今更重兴廉策，依旧清风满寺门。

1993 年

卧佛寺山居（七首）

（一）

闲行翠谷赏泉石，抗战碑前驻有时。
李老不服年事大，水源头上照英姿。

李庆寿老，年已八十，步履矫捷。

（二）

游山不忘带写生，六月香山似锦屏。
奇峰古殿千年柏，都入陈黄画笔中。

陈莱芝夫妇喜爱写生，这次都带来画具，画了多幅。

（三）

花园小院笼斜阳，饭后倚栏诗兴长。
池上清风池畔草，一只松鼠跳花墙。

莱芝兄诗兴浓，写了好几首诗。

（四）

佛寺东边翠柏环，崇碑高阜草芊芊。
任公去后七十载，犹有声光绕大千。

梁启超，字任公，1929年病逝，时年56岁。梁墓在卧佛寺迤东。

（五）

青松郁郁雪精神，一树别栽纪母亲。
细认铭文多赞叹，贤淑梁府二夫人。

梁墓左侧有白皮松一株。松前横立一碑，题名母亲树。碑上刻有梁氏子女梁思成兄妹为纪念梁启超的二夫人而写的铭文。

（六）

几簇宅墙围绿坪，曹霑身世未详明。
一盘碾磨辘辘井，竟惹诸公乡恋浓。

（七）

山居三日友谊长，明月青松伴慨慷。
壮心未泯风云路，犹似当年越太行。

李、陈都是八路军老干部。抗战时李老在太行领兵抗战。

2000 年 7 月初

稻香湖消夏（四首）

丁亥夏月，溽暑蒸人。应邀与北京诗词学会诸诗友去海淀区稻香湖小住三日，成小诗四首：

稻香湖消夏

消夏应邀访上庄，京门西北似江乡。
纳兰《饮水》曹公《梦》，湖景沁人话稻香。

稻香湖位于海淀上庄，原名上庄水库。上庄是清初著名词人纳兰性德的家庙所在。纳兰著有《饮水词》等。

相传曹雪芹曾在香山正白旗村居住过。今香山植物园内有纪念馆。

翠湖湿地荡舟

轻舟逐水绕荷塘，绿意晴明浴浪香。
何处风光最相忆，深红妆伴浅白妆。

喜见京西稻田

累代京西贡米乡，百年如梦变沧桑。
谁人省得家山恋？又见青葱吐稻香。

北京连续九年干旱少雨，海淀京西稻田已近绝迹矣！

龙泉怀古

曾经漕运济粮船，空剩斑驳旧曲栏。
只有千年老银杏，临风犹作水潺湲！

海淀区凤凰岭下有辽刹龙泉寺。寺旁有龙泉，昔时水流丰沛，为温榆河源头之一，也是元代治水家郭守敬修建白浮引水工程时，沿途所引的十一道大泉之一。如今已干涸。

2007 年

银狐洞乘舟（五首）

（一）

洞府仙宫傍水行，桨声唤醒玉精灵；
绒毛鲜亮洁如雪，惊赏银狐栩栩生。

溶洞以晶体熔岩奇观"猫头银狐"著称，誉为"中华国宝"。

（二）

玉笋晶花造化功，灵芝玉兔卧菊丛；
天生幅幅和谐景，展向人间万象荣。

（三）

天上银河洞内穿，大山肚里好行船；
卅里蜿蜒欲迷罔，恍然曾识圣水源。

据称，银狐洞内地下河出口在东南四十里的万佛堂孔水洞流出。成为大石河（古称圣水）的源头之一。北魏郦道元《水经注》有详细记载。明清时期有"孔水仙舟"，为房山八景之一。

（四）

遥从三叠下瀛州，招手轻舟画里游；
洞内奇观水中影，一程梦幻一程幽。

（五）

大南山麓访梵宫，崇脊重檐遮古松。
五百年前清凉界，绿涛升起赤芙蓉。

银狐洞附近上英水村，原有明代古刹真武庙，如今重修一新，掩映于万山丛中。

2007 年

京华敬老竹枝词（九首）

（一）

自古空传《礼记》篇，如今非梦亦非烟。
小康初展阳关道，遍布城乡乐寿园。

《礼记·礼运篇》："大道之行也，天下为公。选贤与能，讲信修睦。故人不独亲其亲，不独子其子。使老有所终，壮有所用，幼有所长，矜寡孤独疾废者皆有所养。"

（二）

乐寿园中设备全，"五有"方针敬当先。
更喜新开娱乐室，卡拉ＯＫ舞翩跹。

"五个老有"指老有所养，老有所为，老有所学，老有所医，老有所乐。它是我国老年工作的指导方针。

（三）

新风新事新主张，休笑翁妪老来狂。
七十也兴黄昏恋，剃须染发作新郎。

近年，敬老院里多次举办孤寡老人喜结良缘的婚礼。

（四）

红花对对庆金婚，满院生辉红照人。
恩爱岂为青春事，鸳鸯越老越情深。

街道、居委会为本社区老人举办金婚、银婚庆祝会，每有报道。

（五）

年年重九赛门球，各个摩拳竞上游。
更喜登高选健老，从容爬上"鬼见愁"。

每到重阳节常举办老年门球赛。老年体协在香山举行老人登山活动。

(六)

养颐之福乐中闲,书画琴棋雅兴添。
工艺玲珑编织巧,博得老外赏流连。

北京市第一社会福利院老人们的书法绘画和编织工艺,每每得到外国参观者的赞赏并购买。

(七)

老而好学最堪钦,报纸书刊阅览勤。
更是关心天下事,大槐树下听新闻。

敬老院经常组织老人们收听广播,听时事报告,议论国家大事。

(八)

戎马一生立战功,峥嵘岁月记光荣。
而今更重教传统,白发红巾育后生。

光荣院的老人们多是残疾军人、孤老烈属。他们组织了宣传小组,经常到学校和社会进行革命传统教育。

（九）

竹枝九唱服务员，侍奉精心暖心田。
大伯大娘齐夸奖，都说这里没冬天。

1992 年

贺北京楹联学会成立（二首）

（一）

诗国泱泱育百花，民间沃土有奇葩；
欲将传统歌新纪，争爱楹联进万家。

（二）

俗中寓雅世间夸，联友同心结社花；
漫道新蕾初吐艳，还凭雨露逐风华！

1999 年 5 月 31 日

"晚情之家"竹枝歌（十五首）

　　一群从五十年代开始在青年团北京市委办公室工作的小青年，经历了四十多年风风雨雨，当他（她）们离退休后，于九十年代初不定期的聚会并起了个极重友情的名字"晚情之家"。其中有位女"秀才"陈宁，将每次活动都以随笔的形式记载下来，悠悠近十年了，先后记载了十九次活动，或促膝畅谈，或吟诗赏画，或品尝佳肴，或外出郊游，或庆喜寿，或贺乔迁，或吊亡友慰问亲属……总之，同忧同乐，内容十分丰富。正如陈宁所写的："这些年来，大家每次相聚，总是感到格外亲切，愉快，欢乐和温暖。也许，这正是我们晚年生活的一种需要，需要活动，需要关怀，需要朋友，需要感情交流。我们这样做了，而且也得到了，得到了一份深深的值得纪念的晚年情。"是呵，"但得夕阳无限好，何需惆怅近黄昏"。（朱自清句）我作为部分活动的参加者，看了随笔，更感到亲切和激动，不禁从心里流淌出了几首竹枝歌来，不揣浅陋，列入随笔之末，以博晚情之家诸老友敞怀一笑耳。

（一）

　　一梦黄梁半纪程，亦甜亦苦伴潮生；
　　老来喜聚同忧乐，共爱"人间重晚情"。

（二）

王玉梅家喜气腾，相逢老友话兴浓；
纵有美餐情未了，共议之家称"晚情"。

大家还议定到谁家聚会谁即为家长，王玉梅为第一任家长。

（三）

平生惯作热心人，联络张罗策划勤；
都道"晚情"发起者，"闲学居"主李桂沉。

李有习画室名"闲学居"。

（四）

聚会十年乐事多，老来自有老来活；
才女有支生花笔，一回佳会一番歌。

陈宁在每篇随笔之后差不多都有一首诗歌。

（五）

乔迁甘愿费操劳，装饰新居喜信邀；
共享改革年景好，芝麻开花节节高。

（六）

七旬大寿贺国江，笑语频频祝健康；
更有甜甜出话俏，"愿奶越活越漂亮"。

九岁小孙女甜甜在贺信中说："愿唐奶奶越活越年轻，越活越漂亮"。

（七）

云玺、新生是笑星，一冷一热逗欢声；
当年小伙翩翩影，化做今朝大肚亨！

（八）

老来常喜做画书，花卉牡丹松梅竹；
最数瑞华学得好，轻描重抹见功夫。

（九）

五十年代叫小胡，花甲仍将小字呼；
犹记当年东华路，社区服务绘先图。

胡淑琴从团市委调出后，长期在东华门街道办事处做民政工作。是东城区较早建立社会福利网络地区之一。

（十）

岁月悠悠两鬓霜，般般家务理周详；
晚情老友都夸奖，贤淑媳妇张金香。

金香、新生在团市委工作时喜结良缘，多年来金香操持家务备受辛苦。

（十一）

富华人好是女强，好客热情里外忙；
共赞一双鸳鸯鸟，冷幽默配热心肠。

焦富华是白云玺夫人，待人热情，年轻干练。

（十二）

夫唱妇随入"晚情"，先从候补列旁听；
老夫也羡夕阳美，一卷《竹枝》"贿"众公。

拙作《新竹枝词集》出版后赠诸老友惠正。

（十三）

有缘随唱有陶公，风雨平生爱晚情；
年届耄耋腰脚健，共祝期颐作寿星。

（十四）

人生之旅近黄昏，最怕忧伤病累身；
张华、志远先后去，节哀同慰未亡人。

先后有张华、张志远二位老友辞世，晚情之家老友集体前去吊唁并慰问家属。

（十五）

晚情佳会最温馨，不论官职不论兵；
人生易老情难老，贵在真情和友情。

2000 年

为易海云先生《长天云海路漫漫》诗集作序（八首）

海云诗兄寄《长天云海路漫漫》诗稿，嘱为序。岂敢，岂敢。然时值"五一"佳节，风和日丽，读海云诗，如临清流，如啜泉茗，实乃一大享受也。遂乘兴援笔，得打油诗八首，以应易兄盛意。

（一）

以诗代论论含情，依论为诗诗亦精。
卓尔其心卓尔志，潇湘自古有材名[①]。

【注】

① 海云，长沙人。长沙岳麓书院有联：惟楚有材，于斯为盛。

（二）

读海云诗好畅怀，天遥海阔任安排。
一支彩笔泼复点，幅幅丹青入画来。

（三）

每于诗道论精微，累代学诗总叹唏。
吾爱天然去雕饰，真情热血莫便宜。

（四）

死而后已觅诗缘，求索心期倍苦甘。
更向香山问妪语，喜闻乐见是真铨。

（五）

且道源流诗与歌，万千气象汇滂沱。
会当千载翻新曲，南海竹枝续浩波①。

【注】

① 宋杨万里《南海集》《竹枝歌》富民歌特色。陆游诗云：四百年来无复继，如今始有此诗翁。

（六）

爱向诗丛觅妙词，诗人绝律更清漪。
宜将椽笔干千象，霞起云天绘彩霓。

（七）

宁作流星一线开，清词丽句写将来。
好从胜域斑斓地，更著雄声绕燕台。

（八）

漫漫征程两鬓皤，青春无悔任消磨。
心中纵栽南针树，应料人间枷锁多。

2000年五一劳动节于劲松寓所

贺罗期明先生《钓鱼诗三百首》荣获广东增城市文艺评选一等奖

一俟人间展笑眉，百花诗国竟多姿。
今朝南北传薪火，共种夔州古竹枝。

罗期明，广东增城人，所著《钓鱼诗三百首》，有不少竹枝诗体。

2004年3月

丁亥春节寄湖南诗词协会会长赵焱森吟长贺年

燕台初会识荆州，衡岳三湘作伴游；
每忆豪情思俊逸，一吟七律一登楼！

赵公七律为诗界所赏。
2007年元月赵焱森吟长寄诗贺年云："又是春来绿上林，何珍可慰故人心。思之惟有真情牵，道义相交贵似金。"

2007 年 2 月

矍铄诗翁一老牛

——贺石理俊主编八十华诞

矍铄诗翁一老牛，夕阳长短任风流。
亭亭京苑钟灵笔，挥洒耕耘不计秋。

2007 年 11 月 21 日

【附】
石理俊先生依韵奉答
默默平生岂敢牛？水珠落入大江流。
未能电脑唯勤笔，也报天高好个秋。

贺王宝骏老先生八十华诞

诗联书艺任风流,京北文苑一骏牛;
两耳不闻窗外事①,勤持史笔志怀柔。

【注】

① 王宝骏先生多年在怀柔工作,博学多识,通怀柔文史,是建国后怀柔区志的主编。曾主持怀柔区诗词楹联学会工作。两耳句,指王宝骏先生中年后两耳失聪。

2007 年

喜《北京楹联集成》出版并向何永年会长致贺(3首)

小序

《北京楹联集成》出版了,这是北京楹联学会成立以来对首都楹联文化的传承和发展做了一项至关重要的基础建设工程。

新时期以来,北京楹联学会在北京市文联领导下,经过几届领导班子和广大联友的努力,特别是有一批专门从事搜集和编辑工作的联友们的艰苦劳动,终于胜利完成这项基础建设的光荣任务。我再一次表示对何永年会长的崇敬之情,是他向当时北京市王岐山市长写信,得到市政府的专款,才得以付梓成书。高兴之余,得小诗三首以示祝贺。

（一）

十年磨剑苦经营，羞涩囊空几欲停[①]；
京尹一挥神气壮[②]，万斛珠玉落"集成"。

【注】
① 杜甫诗："囊空恐羞涩，留得一钱看"。
② 京尹，北京市长也。

（二）

一从御笔落文苑，光耀京都数百年；
胜国诗联联袂起，三江四海领长澜！

清代在康熙乾隆的倡导下，联苑兴旺，为历代之冠。

（三）

新时有味过年丰，十万春联红满城；
欲问人家何所爱？迎奥运与重民生。

近年，北京楹联学会与有关单位联合举办"十万春联送社区""迎奥运"等大型楹联文化活动。

2008 年 5 月 10 日

贺北京水务局离退休干部 庆祝新中国成立 60 周年书画展

诗情画意兴何长？白发逢时乐未央；
争将水润京华景，尽献心旌美画廊。

2009 年 9 月

集绍棠名作兼怀绍棠（三首）

（一）

少年倜傥写青枝，地火狼烟记战时。
哀乐运河桨声里，豆棚瓜架雨如丝。

（二）

蒲柳人家居柳巷，烟村少妇忆蛾眉。
小荷才露尖尖角，香草黄花女塘池。

（三）

乡土传奇四十春，农家子弟话儒林。
京门脸子评书柳，絮语蝈笼美善真。

此诗本为老友、著名作家刘绍棠六十岁生日贺诗。他见到后高兴地请人书写下来。不幸，时过一年，绍棠却因病与世长辞。悠忽之间，骤成永别，贺诗亦成为怀人之作矣。因忆及绍棠每出版一书即签名赠我，至今珍存，睹物思人，痛哉！

上述三首诗中包括的刘绍棠同志的著作有：

《青枝绿叶》《地火》《水边人的哀乐故事》《运河的桨声》《豆棚瓜架雨如丝》《蒲柳人家》《瓜棚柳巷》《烟村四五家》《村妇》《蛾眉》《小荷才露尖尖角》《十步香草》《黄花闺女池塘》《乡土文学四十年》《一个农家子弟的创作道路》《京门脸子》《敬柳亭说书》《蝈笼絮语》共十九部。

1996 年

为袁一强民俗小说《皇城旧事》拟作（十六首）

小序

当今影视文化界正皇帝后妃满天飞的时候，作家袁一强却踏踏实实，沉心静气地写出一部反映旧京城底层社会生活的长篇小说《皇城旧事》，真是难能可贵。正如该书封底介绍所说："这是一幅绚丽多彩的旧北京的民俗风情画。"我读了以后，感到十分过瘾，似乎好久未见到这样好的作品了。感动之余，竟然顺口溜出十来首竹枝词来。不揣拙笔，写将出来，并把书中用地地道道京味语言写出的有关章句，录为引子，以为小诗壮色。谨表区区，戏为一强老友致贺。

三友轩茶馆

三友轩是附近数得着的茶馆,三间大门脸,进深也较深,足有二十几张茶桌。人多的时候吵得像个蛤蟆坑。除了杠行、棚行的人在这里闲等,拉房纤的、打硬鼓的两帮人也好在这里聚会。

壶煮三江纳九流, 杠、棚、打鼓(儿)汇朋俦;
岂知哀乐人间世,多少波澜此运筹!

——《皇城旧事》第 6 页

老刘头

老刘头是三十多年老杠业,年轻的时候钉过皇杠,抬过亲王,十几年前抬过袁世凯。

莫道杠夫是末流,双肩抬走帝王侯;
刘头最喜津津道:皇杠、亲王、袁大头。

——《皇城旧事》第 9 页

"门墩"

这杠夫们分为两拨,在茶馆闲等的是支应十六人杠以上的杠为大口子。另一拨人为小口子,在各杠房门口闲等着,……俗称门墩子。那些门墩如同杠房的幌子。

快嘴招徕守店门,颠颠跑跑费精神;
杠房幌子无标志,只见"门墩"口腿勤。

——《皇城旧事》第 6-7 页

张秃子

一当上门墩,又是头目,就如同大门口的石狮子一样钉在那里。

张秃子是极讲义气的人,……

是他,使一个女人又有了活下去的勇气,准确地说是救了三条生命。

张口粗俗痞气浓,敢将侠胆付平生;
为解二香悬梁索,天下谁人不动情!

——《皇城旧事》第 235 页

何四

何四瞒着母亲跟着李德贵干上了杠业。先是打执事,长成人后又抬上了杠。何母觉得儿子的书白念了,总惦记让儿子改行。无奈何四死了心,她拗不过儿子,只好由他去了。

聪慧谦和气不凡,欲将薪火作新传;
至今八宝山前柏,可绕何家续代烟!

——《皇城旧事》第 9 页

肖天兴

肖天兴是那种一眼就能看出的精明人,两眼分外有神,但无论对谁又都觉得他是那么和气。他在杠行中,上下都很有人缘。人虽还不到四十岁,但当二掌柜却有些年头了。

——《皇城旧事》第 10 页

他听到胡玉娟为抗婚出家当了尼姑,不由得爱怜中又生出几许敬意。

心计精明胆识新,纵横杠业几沉沦;
无端最是中秋月,空惹佛门遗恨深。

——《皇城旧事》第 399 页

胡玉娟

次日用过早饭，肖天兴说去洗个澡，便出门奔了白衣庵。过了片刻，小尼姑回来将一个用手帕缝死的小包交到肖天兴手中，说道："慧喜师姐说了，请将东西带走，就不必见了"。

肖天兴来到僻静处，拆开布包一看，原是已折成两半的一对手镯，他认出那对手镯正是从马川手里买来送给她的，……

> 几度中宵忆旧欢，佛门月色正清寒；
> 纵然玉钿温如许，破碎情根已木然。

——《皇城旧事》第 401 页

胡五爷

胡五爷是地地道道的"山西房子"，到他这辈已经营了四代，在京城要算得上老字号。

胡五爷是个吃喝嫖赌占全的人。眼下的心思全放在了怡心院里的一个婊子身上。

那是去年冬天雪后的一个夜晚，胡五爷将韩歪子请过来喝酒。……不想后半夜突然起了大火，整个合泰杠房已成一片火海了。

> 四代经营逾百年，轰然一炬化青烟；
> 败家多从纨绔子，招得青楼带笑看。

——《皇城旧事》第 398 页

韩歪子

开冥衣铺他是半路出家,韩歪子从他爹那辈就是棚匠。他爹死后的第二年,在拆那顶棚时,才发现包里竟是六根金条和两个小元宝。

> 偶得外财棚匠发,坑人冒坏是行家;
> 都说作孽尸不整,火海扬灰任风刮。

——《皇城旧事》第 62 页

魏瞎子

何四妈信服魏瞎子的卦,宣武门这远近几十条胡同的老太太们都认魏瞎子,说他的卦准。

——《皇城旧事》第 127 页

何四忍着笑,正色说:"我刚才说的是真的!过几天我妈就托刘大爷来提亲,娶你!知道吗?"

秀珍几乎不相信自己的耳朵,她像傻了一样依在墙上,呆呆地望着何四,……

> 铜锣串巷一竹竿,铁嘴玄谈远近传;
> 且道江湖有义胆,银洋两块助良缘。

——《皇城旧事》第 135 页

打响尺

　　杠夫中自有一套组织分为目、旗、幌、跟、夫五级。这"目"就是响尺头目。无论是八十人的王杠，还是八人的小杠，杠夫的行动全要听响尺的指挥。……"响尺"是两块檀木做成的，那个厚的叫响尺，有二尺长，一寸多宽。另一根是一尺多，直径一寸左右的圆木棍，叫敕木，用它来打击响尺。

　　　　两根檀木手中拿，重板轻敲巧样花；
　　　　八十人抬王杠稳，且随响尺听"刷刷"①。

【注】
① 刷刷：是指杠夫们随着响尺行走的脚步声。

——《皇城旧事》第 94 页

撒纸钱

　　一撮毛的本名叫全福，他是个旗人，因颊上有一绺黑须才落下这么一个绰号，以至他的本名反倒没有人知道。一撮毛撒纸钱有一绝，能把拧成一团的纸撒到四、五丈高的空中，才层层落洒下来，如同天女散花。

　　　　妙手绝活"一撮毛"，拧成一撒五丈高；
　　　　层层飘落如花雨，叫好人群仰头瞧。

——《皇城旧事》第 79 页

"文场"吵子

人们通常把花会、五虎、少林棍、高跷秧歌、腰鼓称之为"武场",而把为他们伴奏的那伙人称之为"文场"。为丧事出"文场"的主儿全是不扰茶饭,不取分文的客情,这些人图的是个乐子。……接三或出殡时,文场相互叫劲,边走边练,花活层出不穷。

送殡队里乱声嘈,文场锣鼓演技高;
两班叫劲堪玩命,镲响铙鸣向空抛。

——《皇城旧事》第 203 页

数来宝

第二天早上,吉茂棺材铺刚下了门板,就被蜂拥而至的二、三十个叫花子围了个严实。这伙人起着哄大呼小叫着,轮番打着竹板,数开了来宝,但念的全是丧经。

——《皇城旧事》第 115 页

叫花子们常用这种办法报复得罪他们的店铺。

呼啸如风聚店场,狂敲竹板"丧经"扬;
分明几段数来宝,唱尽淋漓旧丐帮。

——《皇城旧事》第 4 页

打硬鼓儿

　　打鼓儿的行当有高下等级之分，最低者专收破烂，买不起像样的东西，中等的打鼓的收买旧家具、像点样儿的旧衣服什么的。而马川、钱友这些人要算这行里的人尖子，收的全是金银首饰、珠宝玉器、古玩字画，也称之为打硬鼓儿的。

　　行当硬鼓儿最人尖，专事投机贩古玩；
　　嗅得丧家"手头紧"，蒙来珠宝赚大钱。

——《皇城旧事》第 14 页

"奉安"移灵

　　李德贵笑道："这回抬的可不是一般的人物，是孙中山！孙大总统！……南京的中山陵完工了。从香山碧云寺移到南京去，知道吗？"

——《皇城旧事》第 43 页

　　因香山碧云寺内道路较窄，孙中山的灵柩要先上二十四人的小杠抬至寺外换上三十二人的中杠，要行至万寿山北宫门再换上六十四人的大杠，三班轮换。

　　一世艰辛撼帝亡，中山陵墓柏苍苍；
　　奉安遗事无人记，独有才情写盛章。

——《皇城旧事》第 44 页
1999 年 8 月 30 日

樱桃采摘节竹枝词（八首）

（一）

东风吹梦过潮白，五月樱桃邀采摘。
闻道双河红千树，尝鲜看景骋诗怀。

樱桃采摘节于5月26日在顺义区潮白河迤东双河果园启动。

（二）

入园惊见绿云深，翠帐藏娇红照人。
恰似绛珠宫仙子，含颦半掩迎佳宾。

（三）

朱樱凝艳浴春阳，剔透玲珑满园香。
诱得游人忙不迭，举头张口"我先尝"。

（四）

小小竹篮情意浓，自摘自选二斤盈。
满篮圆润红兼紫，个个系着绿丝绳。

游人每人手提小竹篮入园采摘。满篮樱桃个个绿蔓相系，十分好看。

（五）

　　黄衫红带形象使，"金果公主"美梳妆。
　　络绎外商签约会，导游、翻译两头忙。

采摘园里有经培训的用普通话和英语讲解的导游员，取名"金果公主"。

（六）

　　笑指银鹰过上空，赶鲜樱果起航程。
　　订单前日才签定，空运今朝到泰京。

泰京，即泰国首都曼谷。

（七）

　　自古樱桃唤绛珠，美容美意爱相濡。
　　有情相赠"美容果"，爱神"保驾"到海枯。

清曹寅诗："缨盘托出绛宫珠"。樱桃含铁丰富。古有"美容果"之称。

（八）

　　"樱桃好吃树难栽，小曲好唱口难开。"
　　我唱竹枝八段锦，和谐织出幸福来。

2005 年

全聚德烤鸭店竹枝词（十首）

全聚德老匾

风雨沧桑百四春，聚德并重聚才人；
品牌一自推新法，天下谁人不识君！

全聚德老店成立于清同治三年（1864年）于今已143年。从1993年开始成立全聚德烤鸭集团，推行现代企业管理制度，走规模化道路，百年老店焕发勃勃生机。

北京鸭小史

自古京鸭美名扬，玉泉清水是家乡；
运河吃惯漕粮米，个个丰姿焕彩光。

北运河一带鸭子，多年吃运河遗洒的漕运贡米，鸭体健美，羽白无暇，为国中名鸭。

北京鸭塑像

翘首扬神体态丰，姗姗凝重寓憨情；
京华美食鸭当首，不吃烤鸭枉到京！

北京谚语：不到长城非好汉，不吃烤鸭真遗憾。

挂炉烤鸭

一架挑杆六尺长，鸭坯飞起入炉膛；
炙得香酥皮儿脆，犹带微微果木香。

北京烤鸭以桃、梨果木为燃料。

片肉刀工

素帽青鞋白布衫，出炉鸭辇立君前；
刀工一展瞧高手，鸭肉飞飞落玉盘。

鸭全席

主餐还将配套餐，薄饼、香葱、酱味甜；
席上更添鸭凉品，鸭胗、鸭掌并鸭肝。

烤鸭名厨

技艺初传御膳房，杨家掌柜好眼光；
自从重聘孙铁杆，代代名厨做脊梁！

杨全仁掌柜创办全聚德初期，以重金聘请曾在清宫御膳房做过烤鸭师的孙铁杆，从而奠定挂炉技术基础。

国际蜚声

喜有名声国际播,嘉宾贵友唱谐和。
当年席上卓别老,鸭步蹒跚笑料多。

　　1954年4月,周恩来总理在日内瓦国际会议期间,曾以全聚德烤鸭宴请各国嘉宾。戏剧大师卓别林也应邀赴会。他风趣地说:"我的戏剧形象是根据鸭子走路学来的。为感谢鸭子,我从不吃鸭肉。"随后指着全聚德烤鸭,又说:"不过,这次是例外,因为这不是美国鸭子!"博得哄堂大笑。宴会结束时,卓别林竖起大拇指说:"中国的烤鸭果真名不虚传。就是还有一个小小的缺点,没能让我吃够!"于是周总理又亲手送他两只带走!

前门老店

新容已换旧时装,缕缕鸭香绕店堂;
独剩老墙斑剥脸,留将店史话沧桑。

生意经

不灭金炉越百年,试询诀窍几多般?
精明老总传经道:"鸭好人能话儿甜!"

　　全聚德有一句生意经:"鸭要好,人要能,话要甜。"

2007年7月

丝路行草（九首）

1992年9月10日，参加兰州首届丝绸之路节，沿河西走廊参观，经武威、张掖、酒泉、嘉峪关、敦煌。17日回兰州。19日飞乌鲁木齐，游天池。27日回京。

兰州丝路节观女子太平鼓表演

丝路节开花满城，翻飞红浪鼓声隆；
黄河儿女多豪气，卷地腾回舞太平。

武威中秋

花酒盈城月满楼，武威街市庆中秋；
时人不奏《凉州》曲，兴会歌厅唱卡O。

　　武威，旧称凉州，唐王之涣《凉州词》"羌笛何须怨杨柳，春风不度玉门关。"

酒泉

清冽甘泉似醴醇，旧碑曾志汉时闻；
只因共享军功酒，千古争传霍将军[①]。

左公柳

一树毵毵倚翠林，萧然卓立浴斜曛；
莫嫌枝干垂垂老，曾引春风度玉门。

酒泉公园内，在一棵老柳树下有一碑，刻有"左公柳"三字，相传为左宗棠所植。

波斯菊

争奇斗艳遍河西，丝路家家育美畦；
自古波斯通友好，长留瑰丽伴民黎。

宿玉门镇

窗明室净笑迎宾，羹美茶香誉满屯；
客人不信唐人语，齐赞："春风满玉门。"

过嘉峪关

黄沙莽莽耸高城，汉垒明关古堞雄；
盛世每多凭吊客，不须征泪望烟烽。

敦煌月牙泉

武帝曾歌古渥洼②,神泉天马起鸣沙③;
千佛洞里飞天舞,可有灵犀自月牙?

新疆天池

浮空天镜挂云台,血色灵峰玉笋栽;
王母瑶池绝胜地,穆王怎会不重来!

  天池,故称瑶池,传说系西王母居住地。据《穆天子传》说,西王母曾在瑶池宴请周穆王。唐李商隐有诗:"瑶池阿母绮窗开,黄竹歌声动地哀。八骏日行三万里,穆王何事不重来?"

1992 年

【注】
  ① 据传西汉大将霍去病征西有功,武帝赐赏御酒,霍将酒倾于泉池内与军士共饮,遂以酒泉得名。今酒泉公园有泉池,池前有碑亭记其事。
  ② 据《汉书》:"元鼎四年,有神马出渥洼水中,武帝得之,作天马歌。"后人多以月牙泉即古渥洼水。
  ③ 鸣沙,即鸣沙山,在敦煌南郊。月牙泉在鸣沙山下。

齐鲁访古（六首）

济南 李清照故居

寻寻觅觅几蹉跎，笃志江东不肯过。
只今更恋家乡美，伴与泉声起浩歌。

李清照故居纪念馆在济南市趵突泉公园内。

潍坊郑板桥纪念馆

十笏玲珑鲁地娇，潍衙七品政声高。
至今满院萧萧竹，仍作清风赞板桥。

郑板桥纪念馆设在潍坊市十笏园内。

济宁 太白楼

负笈东南仗剑游，任城诗酒卧重楼。
可怜才气盈天壤，只付云帆傲列侯！

济宁，旧称任城，李白在此地家居，先后有十五年。

聊城　海源阁

书海名楼峙鲁西，几经罹难遍荆藜。
纵然再起杨公阁，都是今人火后题。

清代河道总督杨以增几代人建的海源阁，为清代四大私人藏书阁之一。历经灾难，毁失殆尽。近年重修，供人参观。

聊城　山陕会馆

一代繁华志盛年，金辉碧瓦玉雕栏。
至今馆外丝丝柳，仍挽长条待客船。

山陕会馆，系清乾隆时在聊城大运河畔建造的一座大型建筑群，专供山、陕地区商旅寄住之所。规模宏大，气势雄伟。内有关帝庙，雕饰精美，风格独特，至今保存完好。

临清　大运河故道

古运临清市肆多，兰陵笑主费消磨。
堤边唯剩凌云塔，独自高高望故河。

临清，明清时为大运河重要商埠。据称，兰陵笑笑生所著《金瓶梅词话》对此中市肆有所描写。

1993 年初

桂林行（三首）

1995年5月27日，陪日本东京都议会代表团一行十七人赴桂林游览，29日转上海。

抵桂林

千里银鹰雪浪开，晴光豁见桂江隈；
恍如持笏百官立，花毯铺茵待客来。

游漓江

百里轻舟行画苑，云屏风影映晴岚；
漓江少女鬟髻美，散立江边比玉簪。

至阳朔

阳川脉脉半蒙纱，玉笋千堆浴浪斜；
水色田光云树远，碧莲峰里住人家。

1995 年 5 月

东北行（四首）

　　1997年8月18日至25日，与中国水利史研究会诸公赴东北长春，在松辽委组织下到长白山，看天池瀑布，因遇大风未能观览天池，下山后去黑龙江省，游镜泊湖，参观渤海国公园遗址等地。得小诗数首：

吉林秋景

　　轻风坦道白云飘，林海长山一望遥；
　　才过一场三伏雨，满川苞米长如潮。

林海风情

　　林海茫茫云海高[①]，白河泻练响如潮；
　　天风吼下三千米，十万奔雷滚绿涛。

天池瀑布

　　飘飘仙女下天池[②]，结伴双双着素衣；
　　只为原田铺锦绣[③]，迥环银线理织机。

游镜泊湖

天公造化火山头,百里波光画里游;
点点朱红镶翠锦,望湖楼上客如流④。

1997 年

【注】
① 长白山主峰高2600多米。
② 天池,为松花江源头。
③ 松辽平原,为东北粮仓之一。
④ 望湖楼为镜泊湖湖岸别墅,1983年邓小平同志在此居住过。

旅湘诗草(三首)

1997年5月,余偕北京市人大常委会代表联络室同志一行赴湖南学习。过访长沙、常德、岳阳诸地,成小诗数首。

参观岳麓书院

楚有材名百世骄,文从岳麓起屈骚。
赫曦台下春江涌,一代书生数蔡、毛。

岳麓书院为我国古代四大书院之首。位于长沙岳麓山东侧,创建于宋代。二门有联称:"惟楚有材,于斯为盛"。

赫曦台在岳麓书院内。毛泽东1955年作《七律·和周世创同志》曾有"莫叹韶华容易逝，卅年仍到赫曦台"之句。毛泽东、蔡和森早年寓居岳麓书院，进行革命活动。

过蔡锷墓

督军一怒讨奸袁，壮志难酬卧故山。
纵有斑竹千竿泪，不堪重忆小凤仙。

蔡锷墓位于岳麓山。

访小乔墓

铁戟沉沙故垒消，岳阳楼畔草萧萧。
多情惟有长江水，日夜涛声伴小乔。

三国小乔墓，位于岳阳楼侧，面朝长江。

1997 年

游踪吊古（六首）

过镇江芙蓉楼忆王昌龄诗意

夜雨寒江冷路尘，谪迁无地不销魂。
芙蓉楼上倾知己，一片冰心传到今。

2001 年改旧作

南昌参观八大山人纪念馆

百代宗师属画痴，临川一醉发秋思。
王孙满纸留心影，既是哭之亦笑之。

　　八大山人，明王室后裔。明亡为僧。54岁时临川县令曾聘他吟诗作画，座中忽发狂疾，把僧衣扯烂烧毁，走还南昌，以书画为生。59岁时用八大山人名字，以四字连写，有时似"哭之"，有时似"笑之"字样。

1996 年 6 月

过无锡阿炳墓

萋萋草畔隐弦音，月夜姑苏落魄人。
多少人生幽咽处，二泉一曲慰心襟。

1997 年 5 月

黄山岩寺文峰塔下怀陈毅元帅

　　黄山脚下文峰寺，早为新四军驻地，闻陈毅元帅抗战时曾在文峰塔前向新四军干部作报告。

岩寺金秋橘稻香，文峰古塔势轩昂；
巍然犹似将军立，百万军前作慨慷！

1997 年 9 月

黑龙江宁安古勃海国上京遗址

大唐靺鞨久销声，古殿雄姿瓦砾封。
一纸舆图留盛迹，弥天稻黍掩芜城。

　　渤海国，唐时靺鞨族立国，为唐时属国。在展厅有一幅地图标示：渤海国全盛时期，东至海，南接新罗，西接契丹，北至黑水，全境五千余里，誉为"海东盛国"。

黄龙府遗址

辽金旧府问沉沦，剩有浮屠浴夕曛。
叱咤雄风犹健硕，空留遗恨岳家军！

　　辽金黄龙府在今长春市农安县，有古塔尚存。南宋岳飞曾有"直捣黄龙府，与诸君痛饮耳"的壮语。

2006 年

东营胜利油田即景（二首）

油田即景

井架林林接海澜，近如征马远如帆。
客来更似迎宾队，一蹶一扬老"请安"。

仙河镇新居民区

一带清流绕稻畲,层楼茂树遍花蔬。
海云淡抹樯帆远,不羡仙河赞仙居!

1997 年

闽西采风(八首)

喜迎海峡诗词笔会兼赠台湾诗友

曾结勘灾两岸情,而今西闽会诗朋;
欣逢联袂挥灵笔,共谱和谐绘彩虹。

2003年余曾随北京减灾协会赴台考察地震洪水灾情,受到台湾同行热情欢迎。

过长汀有思

东过长汀引壮思,缅怀英烈拄天碑。
文章豪气头胪血,奋起戈矛向曙晖!

长汀罗汉岭,是我党早期领导人瞿秋白牺牲地。1985年重建纪念碑,碑高30.59米。瞿秋白生前著译颇丰。他最早翻译的苏联《少年先锋队》歌曾在我国几代革命青年中广为传唱。歌词有:"走上前去呵,曙光在前,同志们奋斗,……"

参观古田会议会址

辉煌军史历艰难,胆剑文章出古田。
泛起心潮瞻念久,凝神低首礼先贤。

会址位于上杭县古田镇。1929年12月毛泽东、朱德、陈毅等在此领导召开了红四军第九次党代表大会,通过毛泽东起草的《古田会议决议》,成为建军史上的里程碑。

汀江岸上遥见三峡移民新居

治水兴邦出峡乡,东迁万里落汀江。
客家首府迎川客,红土新居浴暖阳。

长汀,为客家人主要聚居地,誉为"客家首府"。在第二次国内战争时期是著名的革命老区。

游冠豸山遇雨雾

古传獬豸主直忠,寻访偏逢雾雨濛。
许是楚王征召去,巡行衙署作纠风。

冠豸山位于连城县,为国家重点风景名胜区。《后汉书·舆服志下》:"獬豸神羊,能别曲直,楚王尝获之,故以为冠。"汉东方朔《神异经》:"獬豸忠直"。

冠豸山石门湖

水绕山环九曲弯,一奇二险浴峰岚。
只因有把玲珑锁,多少风光转处看!

石门湖,原为七十年代修建的水利工程石门水库,今时成为冠豸山著名旅游风景胜地。

"振成楼"小景

梦昧寻根路几千,原生态里悟真铨。
洋人也觅其中意,故向圆楼绕几圈!

闽西永定客家土楼,被称为"中国古建筑奇葩"。其中,"振成楼"建于1912年,费时五年,保存完好,世称"土楼王子"。来此观赏寻根者不绝如缕。

客家风情

栉比宅居列俨然,绕村溪水响潺湲。
民风自古传宗久,勤俭耕读敬祖先。

培田古民居,为闽西客家风情保存完好的古村落。徜徉其间,颇多感受。

2006 年 11 月

尼亚加拉大瀑布（三首）

　　大瀑布位于加拿大安大略省，与美国交界，是世界最大瀑布，游人需要乘船溯流而进，可观赏壮丽景色。

（一）

早闻大瀑世称冠，今见云回雾蔽澜。
游客欲观真境界，直须搏浪闯深潭。

（二）

船行彳亍巨浪壅，箭雨飙风阻欲倾。
时有群鸥闲掠浪，最惊心处有轻松。

（三）

撩开箭雨立危船，世界奇观出豁然。
撼地巨流倾大壑，蔽天帘幕卷轻烟。

1986 年

维也纳（四首）

市郊村景

清清多瑙绕村乡，赭瓦重楼树作廊；
最是郁金香色艳，嫣红浓照绿帘窗。

月亮湖

弦月弯弯漾翠华，轻鸥帆影傍流霞；
野樱沿岸花如雪，遥映阿山①雪似花。

斯特劳斯故居

维城灵秀育灵资，一曲轻歌天下知；
纵使百年多易代，至今犹爱舞华兹。

多瑙河道上

多瑙风光两岸长，轻车如鲫绕云乡；
多情最是蒲公草，一路黄花伴客香。

1992年5月

【注】
① 阿山，即阿尔卑斯山。

泰国风情（六首）

（一）

两岸湄南似画图，佛光宝塔映街衢；
崇楼广夏豪门外，时见鳞鳞矮屋区。

（二）

木屋鳞鳞水上家，辛劳终岁业渔虾；
近年江面多游客，小舶蜂拥卖瓣花①。

（三）

临流饱览两岸长，笑语轻风小浪扬；
更喜导游多绘色，连珠汉话讲郑皇②。

（四）

泰餐自助最可人，百色琳琅美味醇，
旅客爱尝麻椒辣，咋舌咧嘴汗淋淋。

（五）

花伞腾空直入云，扶摇天海最销魂；
游人竞乘长风去，跃跃翁婆亦逡巡③。

（六）

象群表演态憨憨，小步轻盈扭翩翩；
险是游人卧蹄下，轻抬双腿走安然。

【注】

① 辫花，为用茉莉鲜花编织的花环。游船附近许多民女驾小船向游客贩卖。

② 郑皇指郑信，是泰国历史上著名的国王，湄南河岸上有规模宏大的郑皇寺。

③ 在泰国芭堤雅的海面上，有一种空中飞人的游戏。游人可乘降落伞，由海上快艇携带，腾空而起，翱翔天海，颇为畅快。游人竞互乘飞，老年游客亦跃跃欲试。

1993 年

马来西亚（二首）

吉隆坡道上

马来一路好风光，棕海如潮橡海长；
小镇人家花似锦，深红妆伴浅红妆。

三保井

只为惠民立惠功，寻泉掘井教耕农；
至今华胄多膜拜，累代心香祭郑公。

三保井，位于马六甲，为郑和下南洋遗迹。

1993 年

旅欧杂咏（九首）

乘雨至因斯布鲁克

因河急湍绕群峰，山路回环冒雨行。
翡翠小城新浴罢，一襟典丽绣围屏。

因斯布鲁克，奥地利古老山城，壮丽典雅，有"欧洲屋顶花园"之美称。

阿姆斯特丹

阿姆斯特水中飘，桨声帆影绕城摇。
连朝偶遇萧萧雨，花伞云遮座座桥。

阿姆斯特丹，荷兰首都，人口72万，城市由100多座小岛组成，小岛间有1000多座石桥。

阿姆斯特丹郊外牧场

平桥流水绿烟遮，牧草芊芊一望赊。
三五牛犊无聊赖，闲摇短尾看风车。

荷兰以风力发电著称于世，牧场附近是风车村。

坐凤尾船游威尼斯

褐帽红巾凤尾舟，清波小浪逐云流。
船夫巧撑轻轻转，水巷幽深梦里游。

威尼斯为意大利水城。建在120个小岛上，401座大小桥梁联成一片，177条水道组成城市交通线。

德国莱茵河谷

一曲销魂动客情，罗莱岩下放歌声。
古今谁解其中味，听到痴时竟忘生。

莱茵河转弯处，有名罗莱岩的地方，风光秀美。传说很早以前有女巫天天在这里唱歌。她优美的歌声常使河上行船自动停下来听歌。有个船夫由于痴迷听歌竟触崖而死。

佛罗伦萨

久慕名城天下传，今朝初访兴方酣。
群雕磊落凭谁记，曾引人文振大千。

佛罗伦萨是意大利文艺复兴时期艺术活动中心。所倡导的人文主义思想对后世影响极大。

罗马斗兽场

风雨千年久废城，血腥犹使客心惊。
一从奴隶挣枷日，喊出人权第一声。

斗兽场建于公元72年。以奴隶角斗士的打斗残杀博得奴隶主贵族们的快乐。

巴黎凯旋门

一世军功耀凯旋，凌烟将帅美雕悬。
可怜未捷身先死，只将灵柩过拱圈。

1806年2月拿破仑打败奥俄联军，为炫耀军功，下令建造凯旋门。以后时建时停，至1836年才建成。竣工时拿破仑早已死去15年了。1840年拿破仑的灵柩曾穿过此门。

巴黎圣母院

歌德彩绘著欧城,神笔勾来播远名。
一自莫多人去后,钟声常带泪痕鸣。

　　巴黎圣母院为一座典型的哥特式教堂。始建于1162年,1345年才建成,历时180多年。19世纪初雨果的小说《巴黎圣母院》发表后名声大振。莫多是雨果小说中的敲钟人,形象丑陋而心地善良。

2002 年 7 月

旅美探亲杂诗

纽约市居民社区即景(八首)

(一)

巧阁重楼绿树遮,一行庭院一层花。
阿谁饰得新妆面,户户门前似锦霞?

(二)

白发翁婆矍铄姿,门前日日理花枝。
辛勤不计余年短,乐给人间绣彩衣。

(三)

坪草芊芊绿满庭,园中一树紫荆红。
花衫老妇勤劳作,小径躬身扫落英。

(四)

映掩松荫覆曲池,回澜鱼戏岸花滋。
晴明昨夜中秋月,可有幽人故国思?

有的庭院松桧映掩,泉石清幽,有中华古意。

(五)

几畦荠菜几行葱,瓜豆为篱叶蔓浓。
最是番茄惹人爱,红红累累报年丰。

有的庭院似农家小圃,秋意浓浓。

(六)

芊芊坪草望菲微,千亩公园闹市围;
好是合家常嬉戏,大人玩球小孩追。

社区公园。

（七）

黄昏溜狗络绎出，小似狸猫大似犊；
纵使人人持粪袋，偶然遗屎露街途。

黄昏公园溜狗。

（八）

楼厦巍巍万卷藏，中文书库展琳琅；
莘莘尽是华人面，身在他乡似故乡。

唐人街图书馆。

2001年6月—9月

旅美家居闲趣（四首）

　　二儿段劲家居纽约皇后区格兰路，楼后有小园，两棵大樱桃树，浓荫逾半。时值初夏，朱樱将熟，芳草鲜美。余与老伴旅美探亲常在园中小憩，或览书报，或听歌吟，悠然自得，美不胜言。因成小诗以记。

（一）

东风昨夜染樱桃，碧叶丹珠滴欲娇。
篱畔枝繁桑椹紫，爱听啼鸟唱朝朝。

（二）

布椅圆桌绿影披，闲来小憩听ＣＤ。
鸟儿也羡歌喉美，绕树飞来作伴啼。

（三）

劳是休闲作老农，二儿相助理畦塍。
前时种下西葫芦，已见圆圆滚绿坪。

（四）

攀树挥镰摘采忙，竹篮装满玉琳琅。
全家共享樱桃节，日日尝鲜口角香。

2006年9月

赫德小镇素描（五首）

2009年3至6月，余赴美探亲，时二儿家自纽约迁至弗吉尼亚州赫德镇。

（一）

小镇路横斜，　参差绿树遮；
林花开次第，　草色入人家。

(二)

林中有歌吧，群鸟自当家；
唧啾迎日出，唱破半天霞。

(三)

黎明争起早，树树闻啼鸟；
静立辨佳音，谁个舌簧巧？

(四)

湖水碧弯环，白屋锁绿烟；
几声吴越语，疑似到江南！

小镇居民中有中国侨民。

(五)

暑雨长蒹葭，淙淙水一涯；
岸柳垂荫下，雍容数只鸭。

2009 年

旅美家居餐桌打油诗（六首）

（一）

烹调多面手，煎饼堪专有；
绝技花生仁，神仙二两酒。

小儿段劲在家中掌勺，自是辛苦。摊煎饼、烤花生仁是他的保留"节目"。每次烤花生仁，必陪老夫喝两盅小酒，神仙也！

（二）

炸糕两面焦，地道驴打滚；
京门酸豆汁，尝尝也过瘾。

儿媳李军特制作几样北京小吃招待我们，驴打滚吃起来最地道，如今的京城已找不到那种豆面香了。

（三）

跃儿做菜香，众筷抢先尝；
牛腩味更美，三月绕房梁。

小女段跃，做菜高手，餐桌上的小菜，色鲜味美，尤受欢迎，被选为"名菜"。她做的酱牛肉，可比北京月盛斋。

（四）

昔年里外忙，当今白发苍；
半生瓜菜代，素馅可称王！

老伴的素馅饺子众口称赞。早就成了段家厨艺的代表作。

（五）

暑假回华城，莘莘小主人；
餐桌添一菜，京酱爆鸡丁。

小孙女甜甜，儿时在老家北京最爱吃酱爆鸡丁，吃到香处，满嘴都是酱。

（六）

三月探亲行，餐桌趣味浓；
闲来施戏笔，乐颠（儿）八十翁。

2009 年

回国偶题

小镇安居绿映红，天伦乐享大洋东。
暖风吹得游人醉，未肯华京做北京。

华京，即美国首都华盛顿。时在华盛顿探亲。

2009 年 5 月末

激扬思绪化梅花

——答谢陈莱芝兄

拙著《燕水竹枝词》1993年6月出版后，老友陈莱芝兄不久赋诗鼓励，诗云："一集华章感地天，钦君不让竹枝贤。江山指点无虚笔，文字激扬有逸篇。"余感而答谢之。

感君彩笔谢君夸，少爱竹枝老未佳。
信是诗心清似水，激扬思绪化梅花。

1993 年 7 月

南国短吟（二首）

珠海小住

小住珠海近堤隈，崇阁云窗绿浪回；
逸兴偏宜官事远，卧听潮涨与潮回。

茶山小饮

竹棚短几绿围栏，茶舍春浓品"雨前"；
村女殷勤酬远客，茗烟香似故山泉。

1991 年

杭州西湖（二首）

西泠印社 闲泉

苔色侵题名，清风剪碎萍；
凝然临岸立，西泠复西泠！

小孤山 林逋墓

登亭观放鹤，访墓拜梅魂。
寂寞孤山路，谁记月黄昏？

林逋有名诗句："疏影横斜水清浅，暗香浮动月黄昏。"

2000 年

看兰花展

几缕幽姿出釉盘,亦清亦雅态姗姗。
人前纵有千般赞,半面藏羞半面看。

　　清人有诗云:"兰花岂肯依人媚,何幸今朝遇赏音!"故为"半面"也。

1996 年

花之吟(三首)

梅

枝影横斜浅淡姿,小窗幽阁忆当时;
几番冷雨浓霜后,多少炎凉只自知。

水仙

出水凌波碧玉盘,梦回翻觉翠衣寒;
无端一缕朦胧月,每惹情思立悄然。

紫玉兰

木笔新衫紫色衣,端庄侧立小石矶;
纵然才识东风面,便有春情入梦祎。

1992 年

诗思（二首）

（一）

诗心唯似白云闲，剪理分梳总枉然；
卷地懵腾风乍起，一天轻絮淡如烟。

（二）

思缕无端系短蓬，漫随流水觅萍踪；
不知江上青峰外，还入蓬山第几重？

1990 年

题遥桥峪灵岫花园（二首）

（一）

楚楚欧姿披岫裳，姗姗尽日理湖光。
生成秀雅怡情趣，独爱荷香与墨香。

（二）

葡萄满架绿盈门，菜圃花畦百卉馨。
何处啁啾歌喉美，数只山雀喜迎宾。

灵岫花园，为一欧式建筑风格宾馆，位于密云遥桥峪水库西侧，水色山光、清幽秀雅。

2003 年 9 月

结得诗缘染落霞

卅载竹枝唱水涯，秋风吹老鬓生花。
无端一缕飞鸿影，结得诗缘染落霞。

2005 年

名心尽退道心生

——读《船山诗草》

学诗重在悟心旌，意象千般养性灵。
读罢"船山"擦浊眼，"名心退尽道心生"。

2008 年

答城中诗友

怀水龙山半里余，柳林湖畔起仙居。
城中若问休闲事，小阁芸窗好读书。

2008 年

观云治书法

看水归来展墨轴,清风满室浴新秋。
欲借六根张慧眼,遥寻净土渡瀛洲。

云治所书"业净六根成慧眼,身无一物到茅庵"。余嘉其心净气舒,禅缘有悟。

2008 年

晚秋牵牛花

不嫌瘠地不须肥,千朵万朵自在开;
老夫也羡秋光媚,闲数花蕾日日来。

2009 年

竹枝外集

(1971—2010)

勉友人

真金久炼更纯精，跋涉何须怨远程；
细琢山溪穿石水，才知大海有涛声！

1971 年

梅园吟（二首）

1981年4月，参观南京梅园新村中共代表团驻地周恩来居所，感赋小诗。

雨花石

周恩来同志故居有他捡来的雨花石数十枚，陈列室内。

不怜秦淮水，偏爱雨花石；
石上斑斑血，深宵忆故知。

垂丝海棠

手植垂丝树，繁花已满枝；
年年花色好，朵朵系长思。

1981 年

咏玫瑰

不乞东风不竟时，肯将丽质补春迟。
无嗔无怨高风骨，亦媚亦庄圣洁姿。
芳愫每随痴蝶老，浓情常怕狡莺恣。
世间只恐多嫉诈，遍长金针卫故枝。

1988 年暮春

浣溪沙（二首）

——香山老年人休养所纪事

　　香山老年人休养所，位于碧云寺后山，于近日建成。应唐、范二所长之邀，六月八日晚郭老、还吾老以及沈千、李晓月诸公如约次第而至。时虽大雨滂沱，亦未能阻。及所，主人盛情，诸公兴好，谈叙风生，夜深始息。次日，游樱桃沟，沿溪而上。值雨后晴岚，山光洗翠，鸟语花香，溪流喁响；信步而游，从容而赏，真可谓"山水清音，自成佳话"①也。从水源头而下，至香山脚下曹雪芹故居参观。同行还吾老博学广识，深谙雪芹故居考证始末，娓娓谈来，颇多教益。午后，憩于所，日夕而归。因作《浣溪沙》以记。

（一）

重阁青帘映碧霞②，旧游结伴好消暇③。夜阑和雨忆韶华。　　多有殷勤待诸老，白莲佳酿碧螺茶。夕阳明媚艳于花。

（二）

曲曲山溪绕寺长，清音怡悦话沧桑。水源头上论曹郎。　　淡酒岂能消黛粉，繁花常著九秋霜。挽歌唱断旧思量。

【注】
① 山水清音句，见清王士禛《浣溪沙》序。
② 碧霞，指碧云寺。
③ 旧游，指老朋友。

1991年

玉楼春

——记延庆光荣院

朱廊花圃青青院，妫水河边晚霞艳。东风惯自抚怡颜，寿老童颜腰脚健。　　当年虎士多功战，倥偬风云驰北燕。至今常忆老十团①，白发红巾传奉献。

【注】

① 十团为抗日战争时期转战延庆、密云等县的八路军部队。光荣院的老人中有老十团的老战士。光荣院经常组织老年人向中小学生进行革命传统教育。

1991年

临江仙

——京郊敬老院巡礼

千里京郊秋正好，丰盈粮果飘香。光荣敬老遍村乡；小楼红簇簇，座座似仙庄。　养、乐、医、学多康健，赢得满面春光。先生休笑老来狂；良缘结寿侣，剃髯做新郎。

1992年

菩萨蛮（四首）

——赞四位京城居委会主任

小序

《京华街巷百颗星》记载了北京市100名优秀居委会主任的先进事迹，遵作者嘱，我曾以《无私奉献者的赞歌》

为序。该书出版后,我再读之,仍感动不已,情不能尽,写小词《菩萨蛮》四首歌之。

姚金兰

东城区安德里居委会主任。1982年退休不久便开始做居委会工作。10年前办起全市第一家托老所、家庭计时服务和各种居民生活服务的社区服务中心,受到居民的欢迎。该居委会被评为市级先进集体标兵。姚金兰同志获全国敬老好儿女的光荣称号。

人人争说安德里,扶残托老居民喜。服务建中心,小楼四季春。　十年创业路,风雨家难顾。双鬓雪飞花,辛勤姚大妈。

陈为华

宣武区永江居委会党支部书记兼福利主任。1963年清华大学工程物理系毕业后分配边疆从事核工业建设,曾获国家科技奖。1985年因青光眼提前退休回京,担任居委会工作。1988年双目失明,仍热心居委会工作,为居民们的冷暖疾苦鞠躬尽瘁,被评为全市优秀共产党员。

曾经大漠扶云起,红旗烂漫飘蓝宇。立志缚鹏鲲,边城风雪人。　英年双目瞽,街巷帮邻属;剩将赤心花,深栽百姓家。

周玉莲

东城区安定门头条妇代会主任、三八红旗标兵。她在居委会工作了几十年，不辞劳苦为胡同的安宁、居民的欢乐发着光和热。1991年，为胡同里的老年夫妻举办了新颖别致的钻石婚、金婚、银婚纪念联欢会，远近传为佳话。

红花对对春光艳，白头喜庆金婚恋。旧侣胜新盟，老来情更浓。　时光元自好，不怕催人老；偕老享颐年，拳拳周玉莲。

赵炎

东城区九道湾居委会主任。她16岁参军，南征北战，1961年开始做街道工作。30多年来为居民们尽心竭力，带领居民绿化美化环境，把凹凸不平、垃圾成堆的九道湾变成"花园胡同"。为方便居民生活，她大搞便民服务，组成全区第一家"志愿者协会"。

东风楼院重重树，爱心化作街邻睦。巷巷绕繁花，家家披绿纱。　当年淋弹雨，荣誉从不取；不愿享清福，长征未驻足。

1992 年

登喜峰口长城怀古

独立烽台一望遥,悠悠百代逐心潮。
云横峻岭回今古,浪打残城洗旧朝。
浩气每怜于少保,枕戈还待戍安辽。
怆然欲酹滦湖水,起看雄师唱"大刀"。

1995年夏访潘家口水库,登喜峰口长城。时值抗日战争胜利50周年,喜峰口抗战62周年。《大刀进行曲》,是喜峰口抗战时流行的抗战著名歌曲。

1995 年

游威海成山角

丰年九月鲁东秋,龙岛风清导客游。
簇簇新村围翠岗,粼粼近海网盈鳅。
射蛟台上怅寥廓,兵马俑前思壮遒。
秦帝不知天外事,错将海堑作天头。

成山角位于山东半岛东端龙须岛上,现属威海市。相传秦始皇曾来此,有射蛟台、天尽头等遗迹。现大力整修辟为旅游景点,修建始皇庙、兵马俑等。

1995 年

井冈山揽翠

久闻井岗红，未识井岗绿；今日上井岗，苍苍林海覆。
近峰似碧螺，远岭如指拇；村镇围锦屏，白云起烟渚。
黄洋界崔巍，玉带镶楼庑；曲路入云端，明灭如绸舞。
晓日步山城，茨坪凝翠谷；忽听群鸟鸣，霞染青山曙。
山中多美泉，高下飞响瀑；趔趄看清潭，珍珠乱捶鼓。
撩开万缕纱，搓起珠千斛；高坝迸银花，簌簌传乡埠。
山村多圣迹，郁郁竹篁护；络绎仰先贤，红星闪林峿。
陵园矗山冲，松柏高阶路；英烈尽少年，敬瞻多低俯。
我心亦所戚，创国多艰苦；世代育民德，追思勿忘祖。

1996 年

梦游张家界

生自山水乡，一生爱山水。
少壮喜唱燕水歌，老来健步登名岳。
去年渡海览瀛洲，今年一游张家界。
张家界，三千峰，三千佳丽拥佳城。
山灵知我有诗兴，金鞭溪水发吟声。
复穿小径过杉松，黄狮寨爬梯一千重。
峰巅放眼豁然开，六奇阁直插青天外。
晴光熠熠洒天庭，千朵万朵金芙蓉。
或如含苞半欲放，或如亭亭出碧浪；
或如情侣互依偎，或如含羞遮翠帐。

八方竞艳展丽姿，恍如身在瑶池上。
俄而凉风起谷底，云雾升腾飘细雨。
菲菲细雨笼轻纱，千朵芙蓉变仙女。
云作衣裳松作鬟，临风摇步姗姗舞。
有持神针织素纱①，有欲摘星台前倾②。
朦胧扑朔眼离迷，泉流上下跳珠冷。
复见五女躬身拜③，不拜王母拜元帅。
元帅鼎名叫贺龙④，湘西大地英威盖。
此时浓云压山黑，天鼓蓬蓬天河拆。
贺龙元帅勃须眉，雷霆万钧天欲裂。
千员战将立将台⑤，红旗跃马神州博。
骤雨初歇云复蒙，眼前飞来数青峰。
峰驰云舞林欲动，我欲飘然入清梦。
梦中漫步白云间，张良墓畔白云重⑥。
张良大志憾强秦，宝匣天书辅汉室⑦。
功成偕与赤松游，啸傲云山任行止。
风流倜傥韩公子，张家界上登仙羽。
梦游醒来心所悟，鸿蒙初开生万物。
万物生生大道归，人生造化百年度。
智者俯仰麾风雷，达者归来啸猿鹿。
达智双兼张子房，常使后人怀风骨。
我来墓前良久伫，拾朵白云作花束。
洒向青峰回千古。

1997年6月

1998年5月修改

【注】

① 、② 、③ 、⑤ 、⑦ 均为张家界景点。即定海神针、摘星台、五女拜帅、点将台、天书宝匣。

④ 贺龙原籍，桑植县，今属张家界市。

⑥ 张家界有张良墓。

该诗在《北京诗苑》发表不久，老友王蒙兄即来信，称："拜读兄大作《梦游张家界》甚喜，盖写出胸臆来了也。我国自古有'诗言志'的传统，托物寄兴也好，因时感人也好，借景生情也好，怀古忧今也好，重的是诗人自己的态度、情操、境界，放手把自己写进去，敢于把真思、真情、真悲、真喜、真怒、真悔、真憾、真慰写进去，诗就感人了，也真正能够感动自己，提升自己，净化自己，抒一己之块垒，唱刻骨之悲欢，与历史得共振，与众人通心曲，自励自娱，当然就是好诗了。《梦游张家界》者，好诗也"。这封信我一直珍存。老友王蒙，是北京诗词学会最早请来的名誉会长之一。他经常关心《北京诗苑》会刊。给学会寄稿，此信已在会刊全文发表，对我本人和学会诗友都是有益的鞭策。

2010 年补记

谒大禹陵

会稽名山古圣扬，耒耜事业久辉煌；
平生未了江河愿，携把清风拜禹王。

《韩非子·五蠹》：禹"身执耒耜，以为民先。"

1997 年

登雾灵山峰顶

雾灵山，燕山主峰，海拔2118米，位于京东密云、兴隆交界，为北京第三高峰，八月十七日随人大常委会诸公乘车从兴隆县盘旋峰顶。

山灵呼我上青巅，一跃葱茏咫尺天。
举手拂云堪揽月，振衣挟雾欲飘仙。
才开冷眼量三界，已觉凌霄欲堕渊。
且效支公师造化，清凉界上听潺湲。

支公，为古代隐士。清凉界，雾灵山里有大石，上刻"雾灵山清凉界"，系明代所刻。

1997年

访房山贾岛墓遗址

许多人都知道唐代有位著名诗人叫贾岛，但却很少人知道贾岛是北京郊区房山区人，更不知道房山有贾岛墓和贾公祠。今年8月26日，北京诗词学会暨文化界人士近20人，前往房山石楼镇二站村贾岛墓遗址观访。房山区委书记单霁翔及区、镇有关领导陪同前往。遗址位于二站村南侧，现除两幢清代康熙、嘉庆年间碑石外，几无遗迹可寻。在此次观访中区镇领导一致决定重修墓祠纪念先贤，光耀乡里，弘扬诗教，余喜而为诗。

曾许魂归故国遥，石楼一望草萧萧。
荒原彳亍寻遗冢，断碣残存识旧朝。
纵有先贤修祠墓，那堪劫火做焚销。
盛时区镇兴诗教，不重虚浮重推敲。

推敲之意引申为认真、求实作风不亦可乎？

1999年11月

浙江桐君山品茗

暮春访胜地，品茗桐山巅。
雪水拂云绿，轻风动岫岚。
俯临双溪亭，遥望子陵滩。
久住风尘里，开怀一豁然。

桐君山，桐庐县名胜。相传黄帝时有一老者在此山种植中草药。或问其名，老者指桐树为名，后世称其为桐君，并在山顶建有桐君祠。桐君山位于富春江、分水江合流处，山水佳丽。

2000年

访富春江严陵钓台碑廊纪辩

小序

久慕富春景,浙中美画图。
晴明秋日丽,一路到桐庐。

(一)

桐庐有胜迹,严陵古钓台①;光武中兴日,封官请不来。我欲访钓台,举头望阶陔; 登上葱茏顶,清风扑满怀。登临添奇怪,下瞰水脉脉;"钓台千尺高,钓具谁能拽"!

(二)

复见路碑廊,古今志沧桑;历代大名士,题碑满琳琅。钓台第一碑,梁肃撰于唐②; 俯仰从屈伸,遗风闪辉光。宋臣范文正,睦守建祠堂③;"贪廉""懦夫立","名教"贻世芳。

（三）

或曰中兴将，汉宫建"云台"；有诗不讳言："钓台胜云台"！复传范公诗，从容评"两台"："功臣三十六"，"争似"高钓台④。明初刘伯温，讥讽有诗声：云台兴帝业，桐江一丝风⑤！　　永乐李进士，作歌赋独白；云台像早亡，钓台岿百代！⑥俄而有路者，微笑亦自白：千年"炒"两台，高下总难猜；至今犹不止，钓台高千尺！

（四）

我亦有所思，心中有所意；何言高与低，达者任行止；行其所当行，宜止遂其止；智者行进退，端知荣与耻。　　建业济于世，退归依德识；天地养正气，不贪名与利。汩汩富春江，千秋自清适。

【注】

① 严光，字子陵，会稽余姚人。少曾与光武帝刘秀同游学，有高名。刘秀称帝后，他改名换姓隐遁。刘秀派人觅访，征召到京，授谏议大夫。严光不受，隐于富春山。

据周大封（浙江绍兴人，民国初曾任县知事）《富春江三日游记》称："考子陵钓处，证之古籍，一在七里濑，见《后汉书》；一在大桐州，见《咸淳志》；一在富阳县东北九里赤亭山；……一在鹳山"。作者继续写道："汉时富春为郡，严州桐庐，地皆属之。七里濑钓台亦尚在富春山，子陵往来上下，垂钓当非一处。"

② 梁肃（753—793）唐代人，是最早撰写严子陵钓台碑的人。碑名：汉高士严君钓台碑。

③ 范文正，即范仲淹，他于宋仁宗景祐元年知睦州（钓台属睦州）时，在严光隐居处修建祠堂。落成后写《严先生祠堂记》。称严光钓台可"使贪夫廉，懦夫立，是大有功于名教也"。

④ 范仲淹诗云："世祖功臣三十六，云台争似钓台高。"世祖，指东汉光武帝刘秀。史书载，光武中兴的三十六功臣，曾被图画于汉宫云台，以示褒扬。

⑤ 刘伯温此诗是对黄庭坚（宋）的一首诗而作。黄诗有云："能令汉家重九鼎，桐江波上一丝风。"刘伯温的原诗云："不是云台兴帝业，桐江无用一丝风。"

⑥ 李进士，指李昌祺，永乐进士，作歌钓台辞云："云台钓台兮，其高颉颃，二十八将兮，图像已亡，先生千古岿祠堂。"

（以上诗句引自《富春江文集》《黄庭坚诗集》等）

2001年初稿

2010年修改定稿

延庆杏花风骨赞

海陀飞雨杏花发,几度春风灿若霞;
谁剪明霞散山曲,铺陈片片绕山家。
闻道香营万亩园,花潮花海连花山;
借得清明传花信,游人络绎奔妫川。
忽报风沙起大漠,今晨已入延庆界;
黄云滚滚铺天来,撼木摧花势猖獗。
我来赏花花遭劫,强忍哀伤怜切切;
扫兴逡巡花海前,回眸忽现惊壮烈。
花海欲倾天欲堕,恍见棵棵花树如巾帼;
素衣怒目立风沙,手擎丫杈风中搏。
北指黄云声咄咄,左盘右挡英姿卓;
纵然摇落委沟渠,玉质香躯如雪洁。
多时风息沙退却,千枝万枝齐雀跃;
苞蕾兢绽万花明,亮丽山河光烨烨。
鸟嘤鸣,人欢惬,共庆阳春杏花节。
我今赏花动心魄,延庆杏花骨如铁!

2002 年 4 月

念奴娇·登衡山闻禹迹有怀

（依宋·张孝祥词韵）

衡峰浮翠，碧云天，独占祝融霞色①。欲越危崖三百丈，一览禹藏竹籍。金简寻台②，黄庭觅观，空见白云拂。英雄遗史，只剩山野传说。　　曾忆河海平生③，桑干拒马，踏遍燕山雪。纵使长澜携我去，仍挽清风揖谒。尽凭名山，峥嵘万象，放眼江湖阔。当歌沧浪，不须频问年月。

【注】

① 祝融，传说中的火神。衡山有祝融峰。

② 据《一统志》称，衡山金简峰黄庭观右有金简台，为大禹藏书处。

③ 1997年余曾谒浙江会稽大禹陵，有诗云："平生未了江河愿，携把清风拜禹王"。

2001年5月

南乡子·海南三亚行（八首）

（一）

椰树路，海风和，南山逦俪美如歌。曲岸绿茵金佛阁，晴岚锁，三角梅开千万朵。

2004年元月八日至十六日游海南三亚市。三角梅是三亚市市花。南山，属三亚市的文化旅游区。

（二）

花似海，漫丘坡，绿茵毯上摆星罗。五色缤纷争夺目，人环顾，跃跃鱼龙迎客舞。

三角梅妆饰的龙腾鱼跃各色花坛，十分壮观。

（三）

冬月令，似春时，百花风过舞千姿。婀娜纤纤多旖旎，歌金缕，一刹又织丝丝雨。

（四）

春草软，人如织，群雕石象赏憨姿。年少学童闲嬉戏，真淘气，爬上鼻头独脚立。

（五）

南海岸，觅"桃源"，海天接处"小洞天"。崖刻琳琅随浪展，细观览，谁记鉴真沧海远。

传说鉴真和尚在此处最后一次东渡日本。

（六）

观百虎，好雄威，鞭梢一响驯唯唯。最是喵喵群幼畜，添惊喜，游客轻轻抱怀里。

（七）

山海尽，鹿回头，无情翻作有情俦。箭簇未发先启口，撩情窦，偕向人间长相守。

（八）

行海角，访天涯，纷纷宾客踏明沙。有道比邻知几句，欢声聚，飞起群鸥天海去。

唐代王勃诗："海内存知己，天涯若比邻"。

依五代李珣《南乡子》韵。

2004 年 10 月改定

巫山一段云（三首）

——访韩国济州岛行吟

今年九月，随北京市人大友好代表团访韩国汉城和济州岛。济州岛位于韩国南端，为旅游胜地，有"东方夏威夷"之称。

济州岛一瞥

丽岛浮天际，云山叠野畴。徐福渡海到瀛洲，佳话传千秋。　市衢洁而美，村庄绿绕丘。家家庭院柚橘熟，累累兆丰收。

济州岛，古称东瀛州，岛上至今流传秦始皇派徐福赴瀛洲寻不死草的故事。岛上盛产橘，瀛洲十景中有橘林秋色一景，名不虚传。

火山遗址

　　山口繁花覆，遗园万树围。山头小阁赤石披，明灭映金辉。　　坡漫芊芊草，坡根苇花飞。时闻笑语隔石矶，两两入林菲。

　　"山君不离"火山口周长2公里，深一百余米，内覆四百多种奇花异草，郁郁葱葱。火山周围林花繁茂，风景秀丽。有许多新婚男女前来游览。

药水庵寻泉

　　雨霁斜阳晚，山容秋意横，重重烟树锁空灵，一径入松亭。　　幽谷传人语，提壶携玉琼。小庵西侧觅清泠，掬水月华生。

　　由于济州岛地面水缺少，对井泉保护十分重视。药水庵为名泉胜地，代表团路过此地，偶入林泉，顿觉万籁清幽，沁人心脾。

1996 年

纽约鸟类自然保护区纪游

今夏美国行，纽约探亲属。首来鸟区游，一享天籁谷。
进园有规章，游客皆徒步。甬路履碎石，时行且时伫。
路旁野花发，随客送芳馥。倦欲稍息止，区间设长木。
灌丛少饰修，蓬勃欲遮目。嘉树出长林，鸟巢高低布。
忽临大湖滨，浩淼衔洲渚。迢迢天水间，霭霭浮云抚。
复见禽鸟群，彩装美羽著。湖边立参差，依偎或嬉逐。
鸥鹭见客来，点头迎惠顾。鹊鸦喜客至，振翅相欢扑。
成鸟空中翔，雏儿学冲俯。啁啾林鸟啼，似唱迎宾谱。
我心会鸟意，跃跃学鹤舞。有缘结鸟盟，物我会心处。
人禽娱相亲，天人合相辅。乐此逍遥游，浑然忘归路。

庄子有言："天地与我并生，而万物与我为一。"

2001年7月

《黄河人文志》出版喜赋

浩卷宏文汇百家，纷呈异彩耀中华。
龙门凿壁传初祖，砥柱擎流启智嘉。
利害详陈资史鉴，诗词精论绘繁葩。
古今多少安澜手，犹记潘公水攻沙。

今年四月，参加成都召开的1995年中国城市水利问题国际学术研讨会，与会的《黄河志》总编室袁仲翔主任赠我新出版的《黄河人文志》一书，并邀参加今年八月举办的纪念明代治黄专家潘季驯逝世400周年活动。

1995年

我驻南使馆英雄儿女归国感作

5月12日晚，中央电视台播放以美国为首的北约袭击我驻南使馆牺牲的三位烈士和二十余名负伤人员由我政府派人接运回国。北京机场国旗低垂，人群哀恸，愤而为诗。

英雄归国万情牵，缟素神州怒问天。
公理不持持霸理，主权尽踏踏人权。
汹汹弹雨南盟火，咄咄腥风贝市寒。
忍将旧事思今事，"伙伴"新篇是血篇。

1999年5月13日晨

浣溪沙·参观海淀上庄纳兰性德史迹展览馆

庭院朱廊绕短松，词人身世翠湖东。低徊细认藓碑铭。　　独有冰肌天分付，常怀凄艳腻王宫。玉箫声里峭寒生。

纳兰词《太常引·自题小照》有"试倩玉箫声，换千古，英雄梦醒"。

2000年11月3日

浏阳谭嗣同故居参加谭嗣同殉难 105 年祭礼

叱咤风雷越百年，大夫第里仰先贤。
满庭芳韵名今古，一介横眉射帝天。
抒莽苍苍斋主志，终慷慨慨以身捐。
只今菜市石阶下，应有重泉胆剑篇。

大夫第，是谭嗣同父亲的住宅，谭嗣同少年时在此居住。
莽苍苍斋，是谭嗣同在北京浏阳会馆居住时书斋名。

2003 年 9 月

神舟五号载人航天成功喜赋

飞天仙女起敦煌，影落神州绕梦长。
纵有悟空练筋斗，那堪佛祖镇猴王。
千年汗漫嗟何及，半纪风云赶两强。
忽报宇航添新客，哈啰中国利伟杨！

孙悟空应是神话中最早的宇航员，一个筋斗翻出十万八千里。可惜被如来佛压在五行山下。

2003 年 10 月 15 日夜

送老于

胸有朝阳下密云,"五七"道上识于君;
两年风雨躬耕苦,半载切磋教诲深;
峪口林幽听论道,桃庵泉美沁同心;
临歧料峭无枝柳,倚站同歌"赠汪伦"。

1971年2月

　　这是我最早写的一首七言律体诗。老于,即于廉。1969年6月,我们作为北京市下放劳动干部到密云县插队。1970年8月曾与于廉、谭登云、方孜行一起从农村大队调县里搞调研工作,同住一室。老于长我几岁,博学多识,学养丰厚,我以兄长尊之。1971年2月,他先行调市里工作。我们同至密云汽车站送行,时虽春寒料峭,但情谊挚笃,心中火热。老于诵李白"桃花潭水"句见赠,我感而试作《送老于》一首。廿年后,1993年,该诗收入我最早出版的《燕水竹枝词》里。1994年初,于廉同志因病住院,那时他在中华书局主持全面工作。我去医院看望他时,以拙诗集相赠。不久即收到他的回信。信中称:"倾奉手示,辱承见爱,惠赐大作《燕水竹枝词》,如晤故人,欣喜何如。阁下志在湖海,谦敬为怀,诵物吟事,雅量高致,实所钦仰。密云南门话别一首,往事历历,意深情挚,雪泥鸿爪,长留思念。……"我读之再三,故人已矣,鸿雪依稀,志之为念。

2010年4月16日补记

刘征先生从事教育与文学活动50年

——集杜甫诗句致贺

小序

值刘征先生从事教育和文学创作五十年之际，我又一次拜读先生的文章和诗词著作。当读到："我爱我脚下这块神州大地，她生我养我，给我欢乐又给我忧愁，给我童年又给我白发；……她深深吸入我火烫的泪水，她层层承荷我歪斜的脚印，她舒展我一个又一个明亮的和幽暗的、宏大的和渺小的梦。……我要尽孝，为她梳头，为她洗脸，为她抚摸伤痕，为她涤除污垢，为她穿戴化妆，让她展示举世无双的慈祥和美丽。"（《人向何处去》自序），我心中轰然。这位年逾古稀的老教育家、著名诗人、学者，以其"与年龄不相称的激情倾注着脚下这块苍茫大地"（《砚外说砚》）。他的炽热而深沉的赤子情怀直令我肃然起敬，心中陡然迸出杜甫"世儒多汩没，夫子独声名"的赞叹！于是循杜诗而摘句，集缀成五言排律一首，敬呈先生以表贺忱。

世儒多汩没，夫子独声名。
精理通谈笑，忘形向友朋。
思飘云物动，章罢凤鸾腾。
逸气感清识，波澜独老成。
砚寒金井水，檐动玉壶冰。
炯炯一心在，悠悠沧海情。

备查：
世儒多汩没，夫子独声名。见杜甫《赠陈二补阙》
精理通谈笑，忘形向友朋。见《赠特进汝阳王二十二韵》
思飘云物动。见《敬赠郑谏议十韵》
章罢凤骞腾。见《赠特进汝阳王二十二韵》
逸气感清识。见《殿中杨监见示张旭草書图》
波澜独老成。见《敬赠郑谏议十韵》
砚寒金井水，檐动玉壶冰。见《赠特进汝阳王二十二韵》
炯炯一心在。见《赠左僕射郑国公严公武》
悠悠沧海情。见《与李十二白同寻范十隐居》

2000 年 9 月

悟到双清更识君

——读刘征老《梅边漫兴》

在热闹的春节期间，接到刘征先生寄来的诗《梅边漫兴六首》，他戏称要我"节日佐酒"。而我拜读后却如饮甘泉，神清气逸，遂乘兴诌小诗一首。

不受喧嚣半点尘，序、诗连璧写梅魂。
细吟余味标格永，悟到双清更识君。

先生的序和诗，珠联璧合，清丽绝尘，双清也；先生以梅格写人格，双清也。

壬午正月初四（2002 年）

读《春日忆旧》致吴增祥老友

读4月4日《北京社会报》吴增祥《春日忆旧》，怀思近些年逝去的殡葬职工，感人至深。吴是北京市殡葬管理处的老处长。特赋小诗致增祥老友。

倾心长忆事殡仪，日日庭堂伴泪滋。
谁解墓园输血雨，教人低首动情思！

2007年4月23日

兴会诗缘久慕贤

——值北京诗词学会成立20周年，感谢杨金亭主编

值北京诗词学会成立二十周年忆及十五年前，诚邀金亭兄主持会刊《北京诗苑》事，因成小诗敬谢杨主编。

兴会诗缘久慕贤，虎坊畅论两开颜。
卷头一自涓涓语，滋养京苑作美泉。

十几年来，金亭兄担任《北京诗苑》主编后，大力加强会刊工作，很快提高了整体水平。金亭先生担任《中华诗词》主编后，仍然继续担任《北京诗苑》主编，两个担子一肩挑。每期有《卷首语》，都出自杨金亭主编之手。金亭居于京城虎坊桥作协宿舍。著有《虎坊居诗稿》等。

2008年

感谢湖南省诗词协会赵焱森会长
暨刘人寿、李曙初诸吟长

赴湘几度觅吟师，今日逢君悔拜迟。
百斛才情弥梦泽，多般翰墨领高枝。
衡峰耸翠云回鼎，竹影流斑泪染祠。
共仰楚天灵气胜，屈骚贾赋润之诗。

2001年6月12日

北戴河夜读《准文坛轶事》①寄一强

几曾"小小"读华篇②，良夜滨城看"准坛"。
隽语淋漓说市井，奇思联袂入民苑。
不嫌迟梦难为蝶③，却肯摘珠敢涉渊④。
更揽人寰新胜景，还从大海悟真诠。

【注】

① 《准文坛轶事》为袁一强同志第一部小说集。

② "小小"，指最早在《北京晚报》一分钟小说中读到袁的作品。

③ "迟梦"句，借用《庄周梦蝶》典故。袁一强说："我的文学梦比别人晚了20年"。

④ "摘珠"句，引《庄子》探骊得珠典故。

1992年

读《朱小平诗词集》

　　1992年，余寄小诗《丝路行草》十二首给青年诗人朱小平先生，得小平赠诗云："君诗不肯等闲吟，愿做骚坛社里人。花雨斑斓天外落，东风吹着便成春"。并寄大著《朱小平诗词集》。拜读之余感赋小诗以寄：

　　　　满卷清风掩慧泉，通今博古任蹁跹。
　　　　骚坛才气消歇久，又见翩翩一纳兰。

1993年夏

贺于国厚老友《向往阳光》出版

　　国厚兄，余挚友也。早在八十年代中期曾一起随中国民政部代表团访问美国和加拿大，当时他是中国社会报总编辑。以后，交往日多，友谊益笃。其于文章、事业建树良多；而人品文品更为敬佩。今闻老友文集出版，不胜欣喜，遂成七律一首，以表贺忱。

　　　　万里加邦结友缘，华年走笔跃民坛。
　　　　文章烁烁雄中秀，事业拳拳苦亦甘。
　　　　独有情怀惟俯首，更留肝胆写直言。
　　　　松窗忽忆耕耘乐，一片春阳接柳田。

　　1998年在国厚同志倡议下，有孙士杰同志和我三人合作在《中华老年报》副刊上设《松窗随笔》栏目，笔名"俞田柳"。

开栏第一篇为国厚所写《向往阳光》。2003年10月，《松窗随笔》由中国社会出版社出版，著名作家王蒙作序。

2000 年 7 月 29 日

陪黎沛虹教授游龙庆峡

武汉水电大学水利史志教研室黎沛虹教授于5月下旬来京，陪游龙庆峡。

珞珈三唱和竹枝，五月京城邀故知。
乍见惟期心际会，至交何论酒盈卮。
临流共啸沧浪曲，治史常吟李杜辞。
解道寻梅花事晚，一溪清韵待君诗。

珞山，指珞珈山，为武汉水电大学校址。黎教授与余互有诗作唱和。

2000 年 5 月

读冯绍邦《枫窗闲赋》

满卷诗思作苦吟，一行一字铸精神；
阆仙风骨千年后，又绕家山圣水滨。

阆仙，即贾岛，北京房山人。圣水，房山大石河，故古称圣水。

2004 年 4 月

写完读冯绍邦《枫窗闲赋》后，同年，得绍邦先生《贺新郎》词作答。词语谦谦，不敢当也，兹录于下：

贺新郎·致段天顺同志

冯绍邦

与子神交久。少年时，只闻名号，未蒙君授。屈指于今五十载，敬仰情怀依旧。盼有日，聆听金口。太息蹉跎人已老，问个中滋味天知否？今剩下，容颜瘦。　　家乡山水千般秀。育人才，赵钱孙李，段公如炬。率众诗家游韵海，仄仄平平句读。其乐矣，香盈衣袖。诗苑花开红烂漫，吐心声且把春光绣。君领我，手拉手。

【注】

2004年5月1日，欣得北京诗词学会段天顺会长赠诗，吾以贺新郎词作答。

听中国水利科学研究院周魁一教授在凤凰台演讲感作

我国著名的水利史研究专家周魁一教授于2007年7月28日在凤凰卫视世纪大讲堂作演讲。提出灾害既有自然属性又有社会属性。听后耳目一新，大开眼界。因成小诗以记。

久违先生胆气豪，如珠隽语凤台高；
一席治水双重论，惊破黄河万里涛！

2007 年 10 月

2008年5月，周魁一教授在他出版的《水利的历史阅读》著作中写道："凤凰卫视世纪大讲堂"要作一期有关治水哲学思想的节目，找到我，演讲于2007年7月录制并播出后，反应热烈，四处信息陆续传来。老友段天顺先生说道："你这个人是有棱角的。演讲能使不同意见的人也可以坦然接受，功力有长进，可能跟年龄大了也有关。"要我养好身体，还得干，并作七绝（即上诗）。话是鼓励，诗句更是浪漫的鼓励。代表了朋友们的关心。（《水利的历史阅读》第275页）

2010 年补记

参加房山区"贾岛诗歌学术研讨会"怀念苗培时老先生

左翼文章大众篇，平西平北忆烽烟。
怀乡热土情难尽，唤醒千年贾阆仙。

苗培时，系房山籍老作家。三十年代参加反帝大同盟，一生致力于大众文学。抗战时期曾作战地记者。建国后任过赵树理主编的《说说唱唱》常务编委。曾先后参加《农民日报》和《工人日报》的组建工作。北京地区的平西抗日烈士纪念碑和平北抗日纪念碑文均出自他的手笔。他关心家乡的文化文物建设，曾多次奔走呼吁修复贾岛墓和贾公祠。

2007 年 11 月 8 日

赠大宝化妆品总公司董事长杜斌老友

谁家不识大宝香！卅载扶残布善长。
好是人间施润泽，还将美意护慈航！

  杜斌从农村插队回城即分配到北京残疾人福利工厂工作，为残疾人事业服务近四十年矣。曾任五金厂厂长，后任三露厂厂长。从他担任该厂厂长后，该厂的"大宝"牌护肤霜荣获"中国名牌产品"称号，在中国市场同类产品连续十一年名列销量第一。本人被评为全国劳动模范，北京市十佳厂长。他还多年热心支持教育文化慈善方面的公益事业，受到广泛好评。获得民政部、中华慈善总会授予的"爱心中国——首届中华百位慈善人物"的荣誉。

2007 年 9 月

赠北京市残联理事长赵春鸾老友

仍是征尘未解鞍，艰辛廿载创斑斓。
华严故旧夸良仆[①]，一路红花伴斐然。

  2008年10月，北京残奥会后，春鸾到我家中看望，她已年届退休。我回想起她二十多年前从海军南海舰队转业到北京市民政局，无论是担任北京市第一福利院院长、社会福利处处长，还是市民政局副局长，都是连创佳绩，政绩斐然。及至担任北京市残联理事长后，十载艰辛，更著辉煌，为北京残疾人事业做出贡献。遂喜而口占小诗，恭颂好友。

【注】
①华严：指北京市社会福利管理单位所在地华严里。

2008 年

致王小娥总编

——贺《北京社会报》成立20周年

壮志情怀历苦辛,民生街巷系知心。
廿年欣看拏云手,玉树临风耀上林!

2007年7月

咏花篇(三首)

——献给北京民政工作者

荆梢花

过灵山,见山岩间荆花连片,清香满谷。

脊土坚岩自在开,艰辛无意惠青睐;
野开野落甘寂寞,乐予蜂群酿蜜材[①]。

【注】
①荆花蜜,为蜂蜜上品。

珍珠梅

珍珠梅，花小如珠，洁白如雪，每于墙角背阴处，茁壮繁衍。

不是梅花胜似梅，妆成雪海玉珠堆；
年年惯住墙边角，不愿庭前惹是非。

死不了

死不了，无名花也。花虽小，色泽艳丽，生命力极强。日前，风雨之下，窗前花丛，凋零殆尽，独此花盛开如常。

风雨兼旬日晦朦，群芳摇落半凋零；
篱边独尔花灼灼，始信无名胜有名。

1988 年

与残疾人书画家刘京生先生唱和诗

最难心意两相合，逆水双楫起浩波。
笔底真情浓似火，楚琴台上引讴歌。

北京市残联副主席、著名残疾人书画家刘京生先生是一位因伤致残失去双臂的重残人。多年来凭着嘴和胸执笔创作书画，又曾在高等美术学院深造，书画诗并进。1993年，他曾赠我"最难心意两相合，逆水双楫起浩波"句，嘱我对句。不久，他与另两位残疾人书画家在首都博物馆举办"三残画展",我前往观赏。但见京生书画,秀朴并蕴,灵气满纸,大有精进,喜而续对后两句云:"笔底真情浓似火,楚琴台上引讴歌"。楚琴台,指古代俞伯牙与钟子期知音故事。2007年第四期《北京诗苑》发表了京生书写的这首和诗。还发表了他的水仙国画,并题诗云:"翡翠裙裳细剪裁,蛮腰低舞下瑶台;凌波浩雪寒潮去,玉面含香春信来"。

1993年

蒹葭秋水望东瀛

——遥祝日本假肢专家浅井一郎先生八十大寿

廿载情谊一水牵,义肢事业结拳拳。
天公既赋金刚体,只道八十是壮年。

浅井一郎先生是日本假肢专家,担任北京假肢厂顾问、名誉厂长多年。曾荣获我国国务院外国专家局颁发的突出贡献的外国专家友谊奖。1994年先生回国后曾寄《我的手》一诗,感情真挚动人,余曾赋诗回赠。今值先生八十寿辰,特作小诗遥贺。

1999年2月春节

山到秋深红更多

——贺宋韶仁老友八十华诞

宋老八十鬓未皤，联坛一帜领燕铎。
行囊矍铄长安道，击埌讴歌太液波。
雅对结缘闲弄趣，京胡作伴乐样和。
贺君喜赠随园句："山到秋深红更多"。

宋韶仁老友，曾任北京楹联学会常务副会长多年。

2005 年 7 月 30 日

喜晤老友郝士莹

家乡山水浴清纯，六十年前两天真。
纵使风霜犁人老，相逢仍是旧童心。

郝士莹，同乡，同龄，同窗，毕业于同一所小学，余之好友。今夏，士莹从东北来京，至余怀柔寓所小住二日。有朋自远方来，不亦乐乎！

2005 年 7 月

贺陈莱芝老友八十华诞

曾经戎马抗倭顽,驱蒋身留弹片残。
文武军中多贡献,廿年诗笔筑吟坛。

莱芝兄曾在北京诗词学会任副秘书长、《北京诗苑》副主编、学会监事会监事长。

2008年6月20日

为王儒老作题画诗(二首)

红梅

南国梅开早,隆冬艳似霞。
为迎新奥运,先遣到京华。

翠竹

翠竹风有致,萧萧作雨声;
板桥人去后,犹带恤民情!

2007年11月

赠临宁诗友

万安祭礼仰先烈①，衡岳湘江记友贤②；
难忘拳拳珍重意，年年新岁贺芳笺。

【注】

① 指1989年春为纪念李大钊诞辰一百周年，北京市民政局邀请北京诗词学会领导和部分诗友参加"纪念李大钊百年诞辰诗会"。学会领导王建中、齐一飞、沙地、张还吾和诗友郑直、陈莱芝、石理俊、许临宁等十几位出席。

② 指2001年北京诗词学会应湖南省诗词协会赵焱森会长之邀，组织访问团赴湘参观学习。临宁诗友参加并积极热情做好访团服务工作。

2008 年

诚谢祖振扣先生①

本是堂堂外事官，常持诗笔绣联坛。
年年雅意结佳友，尽把真情落美笺。

【注】

① 祖振扣先生，从事外交工作，对诗联文化喜好既久，造诣弥深。曾任北京楹联学会副会长。我们相识后，即收到他寄送的贺年卡，每帧贺卡均有他亲撰的春联，并以工整的钢笔字书写而成。从2000年开始至今，年年不断，于今已十一年矣。他在一封信中写道："我总觉得在新春佳节到来之前，花些时间和心思撰写几幅贺年对联，再郑重其事地写在贺卡上，寄出去，表达自

己对亲朋师友的祝福和谢忱,似乎有更多的真情投入,这是我多年来形成的习惯"。我读信后深受感动,因成小诗,诚表谢意。

2010 年

赠著名画家王建成先生(二首)①

参观虎年画虎展

虎展迎春宏宝厅,欣欣人兽舞承平。
争言最喜囡囡仔,笑捧和谐赞建成。

纵横一杆性灵笔

翩翩风度正英年,谐趣忽悠满画坛。
纵横一杆性灵笔,驰骋心源造化间。

【注】
①王建成,北京著名中年画家,主持题画诗研究会。

2010 年

恭读李庆寿老先生《回忆录》并呈李老

书生投笔赴征尘，驱寇歼敌几献身。
百战归来倚马立，敢将只眼鉴乾坤。

2009 年

恭读刘振堂《壮哉 1949——随四野南征亲履纪实》

刘公经百战，耄耋作诗翁。开国六十载，慷慨忆南征。神威出辽沈，平津一线横。中南争半壁，逐鹿下千城。红旗插五指，崖海尽欢腾。洋洋近百韵，战史何峥峥。　君持春秋笔，亲履志实情。诗雄浮血色，文采溢兰馨。大笔描"困兽"，"白龙"走"麦城"。牵"鼻"展奇术，"猛揍"似山崩。张弛堪有度，巨细表分明。更遵老传统，官长爱士兵。大军行日夜，疫病袭军营。南方多瘴疠，北旅受侵凌。军中传号令，体质复康宁。读之心感动，战火浴真情。　诗终行八韵，耆老发心声。苍松映白雪，鸠杖伫阶庭。老兵何所思？战友几回逢。老兵何所意？民族望复兴。淡泊明素志，月白与风清。

刘振堂原诗载于总参北极寺老干部诗词集《桑榆情》（十三）

2009 年

题北京诗词学会成立10周年诗书画展

十年磨杵绣吟旌，八百银针织凤城①。
今日斑斓迎日起，娜嬛门外锦云平。

【注】
①凤城：指京城。

1998年

贺房山区河南中学山花诗画社成立

南岭寒初退，山花出岫云；
一枝斜照水，先占燕郊春。

2004年4月

浣溪沙·贺北京军休诗词研究会成立

结社军休喜若何，升平笑语逐心波。横戈曾洗旧山河。　　不道流年浑似梦，激情邀我谱新歌。诗心画意夕阳多。

2004年6月1日

贺《诗词园地》会刊百期 致郑玉伟主编

十载含辛费剪裁,芸编百卷育诗才。
如今喜绽花千树,笑倚春风次第开!

2006 年 11 月

重振人间燕赵风

——贺凌云诗社成立

一望天涯春草生,京华起社会诗朋;
高擎老杜凌云筆,重振人间燕赵风!

2007 年 4 月

贺香山诗社成立 20 周年

廿载香山结社长,年年吟兴会重阳;
灵泉秀水丹枫景,烂漫诗情带梦香。

2007 年 7 月

贺朝阳诗词研究会成立 20 周年

春风翘首画图开，廿载诗情引壮怀；
何处琴弦传古调，卿云烂漫绕燕台！

2007 年 10 月

西地锦（三首）

——四川汶川大地震祭礼

送"香儿"天使

"天堂还缺一名天使，上帝选中了'香儿'"。（摘自《新京报》）

尽是花龄儿女，独尔留姿舞。冥烟冉冉向青云，送"香儿"仙路。　　羌管谁调一曲？北川地，废墟处。俯听犹似爱女声：上音乐学府！

北川中学高中女学生张义伊，乳名香儿，差两天16岁生日。"在学校，她喜爱作文，喜爱国画，每天写日记。能歌善舞，从小就是班里的文艺骨干。"她向父亲说："女儿一定争气，考上音乐学院。"大地震中，她"手臂伸开，两脚前后分开，依然带着舞蹈的美"窒息而死。

警花大爱

　　罹难家中九口，未肯离职守。帐篷门外晕倒时，谁计宵和昼！　　有问欲答咽久："灾难前，不能走！"携将大爱礼亲人，敬祷天国佑。

　　蒋敏，女28岁。四川彭州市民警。她北川家中包括爷、奶、母亲、两岁女儿等九口人在大地震中罹难。在遭遇巨大不幸的情况下，她一直坚持救灾岗位，未能回过家，直到晕倒在帐篷外面。当记者问起时，她说，请家人原谅我，在妈妈、孩子等家人最需要我的时候，我未能回家。希望家人在天国平安。

　　　　　　　　　　（摘自5月21日《新京报》）

灾民"主心骨"——北川民政局长王洪发

　　一刹满城惨睹，瓦砾寻呼苦。救人谨记抢时间，哪顾亲和属！　　欲问机关何去？五成员，仅活某。忍悲日夜抚灾民，群呼"主心骨"！

　　王洪发，北川县民政局局长，大地震中他失去了儿子和亲人共15口，民政局机关21人中，仅有10人幸存，领导成员5人，只剩下他一人。他日夜奋战在第一线，头五天，只睡了七个小时觉。成了灾民的"主心骨"。

　　　　　　　（摘自5月21日《中国老年报》）

　　　　　　　　　　　　　　　　　　2008年

心香祭礼·李大钊烈士陵园（二首）

（一）

高擎赤帜立工农，振臂神州报晓钟；
自许铁肩担道义，绞刑架下亦从容。

（二）

眉横器宇意昂然，直面长襟步履坚；
挽起清风盈两袖，人间更重礼先贤。

1989 年

重修马骏烈士墓

生逢战乱虎狼行，掷却头颅拯众生。
烈骨豪情今尚在，长松劲柏展雄旌。

　　马骏，回族，1885年9月生。1919年五四运动中，马骏积极领导学生和群众与反动政府斗争。由于他在天安门领导群众斗争英勇，人称"马天安"。他1919年与周恩来同志在天津创立"觉悟社"。1920年加入社会主义青年团，第二年加入中国共产党。1927年大革命失败后，任中共北平市委副书记兼组织部长。同年12月被捕。1928年2月壮烈牺牲。1987年12月，北京市人民政府为马俊烈士重修墓碑，墓碑位于日坛公园内。

1988 年

平西抗日烈士陵园

燕岭挥戈抗日奸，壮歌慷慨遏云天。
荆卿去后留风骨，拒马萧萧染血丹。

　　陵园位于房山区十渡卧龙山上，1985年10月建立。碑正面镌刻着肖克将军题词："抗日战争在平西牺牲的烈士永垂不朽"，背面有苗培时撰文、金寄水书写的1200字碑文。

1986 年

平北抗日烈士纪念碑

　　纪念碑在延庆县龙庆峡外西侧，1989年建，有彭真、聂荣臻同志题字。

平北军民血战多，荷戈挺进抗强倭。
崇碑欲酹英雄业，起看巍巍大海陀。

1995 年 9 月

白乙化烈士碑亭

白乙化同志抗战时任八路军团长。1941年2月在密云县鹿皮关抗击日寇,壮烈牺牲。1986年,在密云水库北侧烈士牺牲地建立碑亭。

将军血刃战长城,一代雄杰卧碧峰。
库水有情知顶礼,年年岁岁绕碑亭。

1986 年

赵然烈士墓

烽火平西著政声,锄奸驱寇励农耕。
英年每憾难酬国,剩有遗诗表挚情。

赵然,房山河北镇李各庄人,1938年参加革命,同年入党。曾任房良联合县和房涞涿联合县县委书记。1944年病逝,年仅25岁。

据《房山烈士丰碑》载赵然同志两首遗诗中有:"平原此去诛敌寇,誓与同胞血宿仇""恨不一朝驱敌寇,好分吾父仔肩轻"等诗句。

1995 年

老帽山六壮士碑

弹尽高崖陷险危,山呼风啸欲何之?
从来燕赵无降骨,独效狼牙五壮儿!

  1943年春,我八路军六名战士在房山十渡老帽山阻击日寇,弹尽后宁死不屈,跳崖就义,至今不知姓名。他们与1941年狼牙山五壮士英雄义举日月同辉。

1995 年

房山河北乡革命烈士碑亭

晓日晴明谒祭亭,石堂寺外百松青。
抚碑细认英雄录,犹记儿时唤乳名。

  烈士碑始建于1964年河北村石堂寺,1971年迁至河北村西高坡上,并建亭。碑上刻有河北乡为民族解放和建立新中国而牺牲的80名烈士英名,其中有我幼时同伴。

1995 年

盘山烈士陵园

　　盘山，属天津市蓟县，冀东抗日根据地，曾遭日寇侵袭。解放后在盘山脚下建有规模宏大的烈士陵园。

　　曾经血雨战倭兵，满地黄花伴冢丛。
　　不管天公施旱涝，幽香岁岁上盘峰。

1989 年

痛悼王立行同志

　　半世京华久慕名，文章风骨政声清。
　　宁辞部阁召冠冕，却恋青灯纂史成。
　　共励雄图添骥力，已成众志起新程。
　　如何未捷匆匆去，多少相知哭祭灵。

　　立行同志原任中共北京市委常委、宣传部长。他从领导岗位退下来后，即投入主持《北京志》的编纂工作。几年来，他尽心竭力，使修志工作取得显著进展。

1998 年 7 月 28 日

缅怀还吾老

新编九九赠签时，谁料偏成告别诗；
遥忆溪庄听故史，几惊《闲己》赋竹枝；
独留支眼观天下，更有清词绘逸姿；
西苑年年秋色好，碧云红叶系人思。

还吾老七十年代中期曾任北京市水利局党委副书记，为余老领导。那时他曾带领干部去密云水库（在密云溪翁庄镇）调查蹲点，常听他讲历史故事。九十年代中期还吾老出版《闲己斋诗稿》。

1999 年

敬悼侯振鹏老局长

惊闻北京水利局老局长侯振鹏同志逝世，时余正在江苏开会，未能参加遗体告别。特志诗一首以表痛悼之情。

惊闻噩耗遽生悲，历历音容现昔时。
主局十年好"班长"，友谊卅载两相知。
驱倭累战鸡鸣早，独臂挥缰马踏飓。
忽忆云湖堤上柏，夕阳无语伴哀思。

振鹏同志曾参加抗日战争和解放战争，任过骑兵连长，在战斗中失去一臂。北京解放后任过县武装部长，1958年率民工修建密云水库，水库修成后任水库管理处主任。七十年代以后担任北京市水利局局长十余年。

2001 年 5 月

敬悼王建中老会长

少帅军中抗日人,关山戎马叱风云。
勋名并铸诗名老,胜国清和享大椿。

原空军后勤部政委、北京诗词学会常务副会长王建中同志于2007年2月19日病逝,享年95岁。

2007 年

哭陈宝全

噩耗飞来刺我心,几番询证果为真。
多情燕水哭良仆,叶叶竹枝带泪痕!

陈宝全同志在工作岗位上突发心肌梗逝世。他是北京市老龄委常务副主任,终年59岁。余得知后,万分痛惜。他不仅是位优秀干部,也是位不事张扬的艺术家,对书法、篆刻、摄影等多有造诣。余出版的两本诗集(《燕水竹枝词》《新竹枝词集》)都以他制作的精美篆刻作装饰。每忆至此,不胜悲怆!

2008 年 12 月 6 日

深秋登高

　　1944年深秋，我12岁。时，正值家乡在被践踏于日本侵略者的铁蹄下，民不聊生，一片凄惨。一日，我与几位同学登山远眺，见满山柿叶，色赤如火，烈烈欲燃，触景生情，口占小诗一首，至今犹记。这是我写的第一首诗，不揣浅陋，志之为念。

　　　　十月登高秋意迟，寒蛩哀唱动地悲；
　　　　古刹西风凄且紧，霜林如火欲燃时。

1944 年

自题扇画

　　　　红树染堤头，青山江外幽；
　　　　平生湖海志①，不渡子陵舟②。

【注】
① 人称宋代陈元龙"湖海之士，豪气未除"。
② 东汉严光（字子陵）曾隐居浙江富春江，后人名其钓处为严陵钓台。

1974 年

自解

无端天火料应难,劫后纷纭起隙嫌;
委曲岂容虚壮岁,蹭蹬偏愿涉泉山;
长沙水暖留迁客,彭泽菊黄唤去官;
买取蔡侯千卷纸,漫研浓墨写元元①。

【注】
① 元元,指平民百姓。

1979 年

五十感怀

青春曾负慨平生,华鬓频添志旅程;
似梦云烟空碌碌,如麻牍卷乱蓬蓬;
羡鱼每憾迟编网①, 探骊终忧未驯龙②;
天命岂言拿云晚,仍从燕水渡新征。

【注】
① 见《汉书·礼乐志》:"临渊羡鱼,不如归而结网"。
② 典故探骊得珠,详见《庄子·列御寇》。字面的意思是,在骊龙颔下探得宝珠。

1982 年

六十初度

辛劳中岁过前尘,步履民苑更溢芬。
笃信"螺钉"失教训,终期"万马"抖精神。
不随青眼攀仙路,但肯寒门助赤群。
老去书生留故癖,自裁诗韵绘绮云。

1992 年

七十戏笔

半生风雨伴潮行,梦里乾坤枉记程。
回首夕阳轻自笑,还他一介是书生。

2002 年春

寄妻

昔年曾寄《梧桐雨》,又遇今宵雨梧桐;
难忘托婴寻富国,几忧半老赴新征;
青丝初结担家累,中岁相濡度稼耕;
更待江山多丽日,倚窗共绘夕阳红。

余时在南京华东水利学院学习。

1981 年

银婚纪念

恋歌初唱天长久，犹记同吟凤钗头；
豆蔻无猜偕竹马，青枝结发束金秋；
夫妻敬业为孺子，儿女争飞展志酬；
风雨相知四十载，缠绵濡沫两白头。

1993 年

端庄大气做长门

——赠大女儿段钢

余每驻足儿女幼时集体照片，见长女段钢自幼端庄美丽，小大人儿般立于弟妹间。因忆及她几十年来，孝亲助幼，关爱有加。老伴早誉她为家中的"灵魂"。今年3月，值纪念老母百岁诞辰，由在京的钢、强、跃三位孙辈筹办（母亲生前抚养我的四个儿女长大成人），并两姑全家参加。纪念活动中，段钢作为大孙女讲得文情挚笃，余有深感焉。

端庄大气做长门，迤逦偕来弟妹群。
棠棣无间承祖教，分明阿姐是灵魂。

2008 年 6 月

悟道何须上道山

——赠大儿子段强

今年5月26日,《中国旅游报》刊登吴晓梅专访段强的文章,题为《万里长风破浪,十年冰心玉壶》。余读后心中释然,是我儿本色矣!遂闭目凝思,率意而写道:"得大自在,行大超脱,作大手笔,乐其所哉!"然笔停之际,悠然飘进漆园夫子①神形,心中似有所悟,戏而口占小诗一首,赠强儿。

悟道何须上道山?天人造化觅真诠。
千年谁解庄夫子,乐读新翻秋水篇。

【注】
① 漆园夫子,即庄周。

2008年5月29日

画出珠江一段青

——赠二女儿段跃

今年《炎黄春秋》6月号发表小女儿段跃《托派老人刘平梅》一文。文章凝重、老到,堪称"史笔"。余喜而口占绝句一首,赠跃儿。

勇赴国危不惜生,谁怜枉世作囹圄!
跃儿拎起春秋笔,画出珠江一段青①!

【注】

① 珠江，喻广东。文中所记托派老人刘平梅曾在广东进行抗日救国活动。

2008 年 6 月

千字文章重似金

——赠小儿子段劲

小儿子段劲自美传来纪念祖母百年华诞文章，文字简洁，感情真挚，写出祖母对这个小爱孙的厚爱深情。

千字文章重似金，一行一句寓情深。
十年历练闯加美，依旧天真"小爱孙"！

2008 年 8 月

嘱钢、强、跃、劲四儿女

职尽京门享夕晖，庭前儿女各争飞。
后人欲问前人事："累代书香伴素衣"①。

【注】

① 素衣，淡妆也。源自鲁迅《莲蓬人》诗："扫除腻粉呈风骨，退却红衣学淡妆"。据《辞海》，素衣，白色的衣服，比喻清白的操守。

2009 年

大外孙段玉栋赴英留学获硕士学位喜赋

都赞爱孙自幼乖,英伦今喜戴冠回。
合肥洪洞传宗久,自古家风出栋材。

2004 年 9 月

癸未元宵节寄大孙女贝贝(斯琪)

　　孙女贝贝远在夏威夷读大学。情人节寄来她对爷爷奶奶的祝福,她说美国的风俗,情人节包括所有自己所爱的人。祝我们快快乐乐高高兴兴度过每一天。第二天恰逢元宵节,思念之情愈切,感而为诗。

一别漂洋去,长风带壮图。
未遑游丽岛,刻意苦攻读。
万里传佳信,阖家喜气拂。
爹娘堆笑脸,爷奶电叔姑。
晃见儿时景,依稀入眼浮。
今宵圆月夜,思我掌上珠。

　　前些天来信说功课学习有很大进步,已获申请助学金资格。

2003 年 2 月

勉贝贝在美考研究生

自幼眉峰蓄志锋，雏鹰初展起云程。
纵然曼岛多榛棘，一样趟平踏浪行。

2008 年 3 日

贺贝贝考取哈佛商学院研究生

忽报佳音喜若狂，临湖濠阁起霞光[①]。
家山新代出巾帼，跃上龙门奔大洋。

2009 年 4 月 2 日于华盛顿

【注】
① 临湖句，指贝贝家居龙潭湖畔。

勉外孙张兴

兴兴十五岁时写《相遇四十五岁的我》，被评选为全国青少年优秀征文。余每赞其少年英气，心存高远，颇寄厚望。今年将高中毕业，面临高考，望孙心切，赋诗勉之。

梦里乾坤梦里逢，绝知辛苦付躬行。
既已临门才咫尺，莫亏一篑负平生。

2003 年元月

送外孙张兴赴法留学

有志丹青折不回，樊笼一跃好扬眉。
携将不羁灵犀笔，赛纳风轻带梦飞。

2005 年 8 月 30 日

喜闻《新京报》专访张兴画事，因以示孙

赛纳风轻绘智开，"新京"专访网媒台。
每思世上匆匆客，勿忘江郎八斗才①。

【注】
①江郎，指南朝著名文学家江淹。八斗才，比喻极有才华。但后来有"江郎才尽"之慨叹。余嘱孙警惕。

2008 年 8 月

听小孙女甜甜（斯钰）弹奏莫扎特名曲贺爷奶金婚

凌波一曲似飘仙，雏凤清声落喜筵。
恍惚膝前蝴蝶舞，几回随梦忆翩跹。

2003 年 9 月

满庭芳·四美立中庭

（仿周邦彦韵）

2009年末，小孙女斯钰（甜甜）以优秀成绩考取美国纽约大学医学院。至此我家孙辈四人，各个奋发，学业卓成。喜而填《满庭芳》词一阕，以表欣悦之情。

冬尽春来，燕台嘉树，雁行迭起清声。炫然家乐，四美立中庭。玉栋英伦取冠，复归国，朝旭方升。斯琪段，哈佛学子，门第展峥嵘。　　豪情，深造地，巴黎美院，网页飞声。更幼孙佳报，医榜题名。花样年华初长，十年梦，雪羽娉婷。遥长望，"儒医济世"①，怡泽五洲同。

2010年元月

【注】

① 儒医济世：指先祖段秉均公，以教书行医为业，惠及乡里，乡人送"儒医济世"匾，以示表彰。

楹联之页·小序

我于上世纪九十年代后期至2004年,曾担任北京楹联学会会长。我虽于联律未详,亦偶而为之。或贺寿、或拜年、或怀友、或纪胜……值今编辑诗集,亦不揣浅直,择而录之。

贺中科院院士著名历史地理学家、北京大学教授侯仁之老先生九十大寿

学贯古今　深谙北京沧桑史
识兼中外　续志中华山海经

2001年

壬午春节向中华诗词学会春节团拜会赠联

马跃春回高举吟旌传教化
和风日丽重开盛国领诗林

2002年2月

壬午春节给蔡若虹老先生拜年·集蔡老诗句

诗如花烂漫
心比月玲珑

　　蔡老先生是新中国美术奠基人之一，我国著名美术家、诗人，中国美术家协会副主席。他积极倡导中华诗词要富有时代精神，经常给《北京诗苑》写稿，并予指导。2002年5月逝世，享年92岁。

2002 年春节

贺中国水利史研究会老会长姚汉源老先生九十华诞

德满学林共贺苍松歌大寿
名成禹业还随玄鹤享期颐

2003 年 2 月

为王儒老八十寿贺联

早岁请长缨奋身救国戎马关山酬壮志
晚年挥灵笔礼师齐门吟坛画苑见精神

　　王儒老从上世纪九十年代初开始，长期担任北京诗词学会副会长兼秘书长，主持学会日常工作。对学会的建设和发展尽心竭力，做出很大贡献。他长于国画，有绘画专集出版。

2006 年 9 月

贺野草诗社成立 25 周年

三十年代中坚萋萋野草扬传统
廿五春秋呐喊浩浩东风壮鲁旗

　　野草诗社成立于1978年10月，是"文革"后北京第一个成立的诗社，也是北京诗词学会创建者之一。野草诗社最初的诗社成员，包括我国当代著名作家、诗人、学者和文化人姜椿芳、萧军、张报、王亚平、楼适夷、汤萧之、金常政、杨小凯等八人。

2003 年 12 月 15 日

为什刹海建金锭桥拟联

金锭凭栏汗漫远浮西山雪
澄清一带逶迤曾系浙江潮

　　新建金锭桥与古银锭桥相距不远，古有"银锭观山"一景。什刹海为元代南北大运河起点。金锭桥东有古澄清闸遗迹。

2002 年 2 月

辛巳春节向诗词专家陈明强教授贺年

学炳杏坛馨宿士
诗如春水沁京苑

陈明强教授曾为北京多处老年大学讲授诗词,深受欢迎。有诗集《春水集》。

2001 年春节

寄老友段义辅、李荣华拜年

卓尔青松品
浩乎密云情

段义辅、李荣华是密云县的老干部。我于1969年下放密云县后与之相识,结为挚友。

2001 年春节

寄北京杂文家学会副会长孙士杰老友拜年

杂文理妙
名士德馨

2003 年春节

老同学振智兄家境坎坷，值癸未新年摘袁枚诗句慰之

登山立高处
贪得夕阳多

2003年春节

敬挽王建中老会长

大义出沈辽，戎马英风酬伟业。
老成施教化，燕台豪气铸诗魂。

　　王建中，1912年生，2007年2月19日在京逝世，享年95岁。王老军旅一生，功勋卓著，曾任师政委、空后副政委等职。他也是一位军旅诗人，著有《军旅诗痕》等。王建中是北京诗词学会创建人之一，多年担任常务副会长，为振兴中华诗词做出了重要贡献。

竹枝散论

漫话竹枝词

竹枝词的产生和发展概述

　　竹枝，原是我国古老的民间歌舞，有说从晋代就有了。白居易诗中有："幽咽新芦管，凄凉古竹枝。"从民间歌舞演变为文人诗体，一般认为是从中唐的刘禹锡开始的①。

　　刘禹锡是唐代与白居易齐名的大诗人，字梦得。据刘禹锡《竹枝词九首并引》中说，刘在长庆二年（822年）任夔州刺史时，这年正月来到建平（今巫山县），见到民间唱联歌《竹枝》，吹短笛击鼓，边唱边舞，以"曲多为贤"，带有赛歌性质。引起他浓厚的兴趣，于是就依照屈原九歌作了竹枝新词九章，"卑善歌者飏之。"实际是为当时民间的竹枝歌舞配的新词。

　　刘禹锡不仅作了新词，还学会了唱竹枝，而且唱得很好。他的老友白居易在《忆梦得》诗中称："梦得能唱竹枝，听者愁绝"，诗中有"几时红烛下，闻唱竹枝歌"之句。他还带着自己作的新词到民间去，"教里中儿歌之"。可见刘禹锡对竹枝词的挚爱之情。他的竹枝词由于具有鲜明的民间歌谣格调，又有浓郁的生活气息，很快传播开来。后来当他离开夔州与当地官吏告别时，写了一首《别夔州官吏》的诗，再次提到他的九首竹枝词："惟有

'九歌'辞数首，里中留与赛蛮神"。意思是说虽然那九首诗中没有祀神的内容，但希望能以这些新词来代替那些旧词来唱。后来，《旧唐书》中说："武陵溪洞间夷歌，率多禹锡之辞也。"武陵地区也是巴人居地，夷歌，当指巴人歌舞。

　　刘禹锡的老友白居易也喜欢竹枝词并写竹枝词。其后的李涉、皇甫松、孙光宪等都有竹枝词作品。唐代刘、白倡导，对后代影响很大。如北宋时期黄庭坚称赞刘禹锡的竹枝词说："刘梦得竹枝歌九章，词意高妙，元和间诚可以独步，道风俗而不俚，追古昔而不愧。"他还向苏轼推荐，当他诵读完第一首后，苏轼惊奇地叹道："此奔轶绝尘，不可追也。"北宋时苏轼、苏辙、黄庭坚都写过竹枝词。

　　及至南宋的范成大、杨万里、汪元量等也喜欢写竹枝词。尤其杨万里可说是位竹枝词大家。他的诗风深受民歌影响，写过多首竹枝词。他说每次写完后都给友人尤延之（即尤袤，南宋四大家之一）看，"延之必击节"以为有刘梦得之味。陆游也极赞赏杨万里的诗，有诗云："飞卿数阕峤南曲，不许刘郎夸竹枝。四百年来无复继，如今始有此翁诗。"其实陆游有些诗篇也受竹枝的影响。清翁方纲说陆游的《荆州歌》七古"俨然竹枝"。

　　唐、宋时期民间唱竹枝歌有两种形式：一种叫野唱，是群众性的演唱，或祀神集会，或节令会，或联唱竞赛等；还有一种叫精唱，由专业性歌者，名"竹枝娘"，在宴会、教坊间演唱。这种演唱一直到宋代还有记载。据邵伯《闻见后录》记载："夔州营妓为喻迪孺扣铜盘，歌刘尚书竹枝词九解，尚有当时含思宛转之艳。"又据胡仔

《苕溪渔隐丛话》中说"余当夜行苕溪，闻舟人唱渔歌，歌中有此后两句，余皆：杂俚语，岂非梦得之词自巴渝传至此乎？"苕溪是浙江河流入于太湖。渔歌中的后两句，指刘词中"东边日出西边雨，道是无晴却有晴。"

元代诗人杨维桢对竹枝词的发展有重大贡献。正如王士祯所说："梦得后工此体者，无如杨廉夫，虞伯生。"杨廉夫，即杨维桢，虞伯生，即虞集，都是元代的重要诗人。杨维桢（1296——1370）字廉夫，号铁崖，浙江诸暨人。元泰定四年（1327年）进士。曾任天台尹、儒学提举等职。他为官有政绩，注意民间疾苦，写过一批民谣化的诗歌。他于元至正初年作了九首西湖竹枝词，尔后竟有一百多人唱和。几年后，于至正八年（1348年）杨将120人的唱和竹枝词180首，经过逐一评点，编成《西湖竹枝集》出版。杨维桢成为我国诗歌史上第一个将竹枝词辑成专集的诗人，而且是一部极富地域性色调特征的诗人集体作品集。无疑，这两个开端，对竹枝词创作是个极大的推动，可以说具有里程碑的意义。尔后，相继出现以表现各地风土人情市井习俗冠以本地地名的竹枝词专集，极大地扩宽竹枝词写作领域。

元、明以来，许多文人学士写竹枝词。比较有影响的元代如虞集（伯生）、倪瓒、马祖常等。明代有李东阳、杨升庵、徐渭、袁宏道等。

清初，康熙年间的诗人王士祯（1634——1711）对竹枝词情有独钟。他每到一地都要写几首竹枝词，如《都下竹枝词》《汉嘉竹枝词》《江阳竹枝词》《邓尉竹枝词》等等。可以说是位写旅游诗的大家。主"神韵"说，主张诗歌要"兴会神到",讲究含蓄蕴藉,富有情趣。他在一首讲自己诗风渊源时的诗中写道:"曾听巴渝里社词,三闾哀怨此中遗。诗情合在空舲峡,冷雁哀猿和竹枝。"诗中写的三闾,是指屈原,空舲峡是三峡中的险峡之一。从整个诗中可以看出竹枝词对他诗风的影响。王士禛在康熙年间主持诗坛数十年,号渔洋山人,门生满天下,他主倡的诗风在清代很有影响。他对竹枝词既有个人创作,也有理论指导,所以钱大昕说:"王贻上仿其体,一时争效之。"

有清一代,竹枝词有了很大发展。康熙时期的朱彝尊、高士奇、查慎行等都有佳作。文人唱和之风尤盛。如孔尚任(《桃花扇传奇》作者)在康熙三十一年(1693年)与袁启旭等九人,在燕九节这一天同游白云观,回来后在同行陈健夫家中以庾信"结客少年场,春风满路香"为韵各作十首竹枝词,共得九十首,记述了白云观庙会的各种场景。(见《清代北京竹枝词》)。到乾隆时期,连弘历皇帝也作起竹枝词来,他写有《荔枝效竹枝词》三首。这在历代帝王中是仅见的。清代中、晚期作者日众,上至达官,下至小吏,中、小知识分子,由于社会急剧变化,朝廷腐败,外国侵略,内忧外患,民不聊生,引起广大知识阶层的愤懑,纷纷拿起笔来,以竹枝词为体,"或抒过眼之繁华,或溯赏心之乐事","运龙蛇于掌上,抒块垒于胸中","借眼前之闻见,抒胸际之牢愁"。写作题材越来越广泛,从记风土、写恋情,涉猎到社会生活的各个方面,包括重大历史事件都纷纷入诗。在地域上从通都大邑到的部分省区、少数民族地区,甚至华人所在的域外诸国也有作品出现。如郁达夫有《日本竹枝词》、郭则沄有《江户竹枝词》、潘飞声《柏林竹枝词》，还有《伦敦竹枝词》、《海外竹枝词》等等。

　　这里值得提及的，明、清小说的兴起，为竹枝词的普及和发展有重大影响。明、清小说多是用当时的白话写的小说。冯梦龙说："语到通俗方传远"。他的小说中大量引用诗词（包括竹枝词）作铺垫，这些诗词多以俗语白话或民间歌谣入诗，许多诗带有竹枝味，他本人曾收集过大量的民间歌谣，编纂《挂枝儿》《山歌》等民歌集。可以说冯梦龙自己就是位写竹枝词的大家。还有清末的黄遵宪、梁启超等发动"诗界革命"，主张"我手写我口"以白话入诗，有不少人倡导向民间采访，吸取民歌入诗，也给竹枝词的发展起了推波助澜的作用。总之，据竹枝词研究家们估计，从唐至清末，竹枝词作品至少在十万首以上，比全唐诗总和还多。

竹枝词的三种类型

　　从刘禹锡创制竹枝新词，经过一千多年的发展演变，从总的发展脉络看，大体可分为三种类型：

　　一是由文人收集整理的民间歌谣，基本上保持了民歌的原型。所谓"宁俚而真，勿宁文而赝也。"包括冠以"山歌""棹歌""杨柳枝"等等名目，选家们多纳入竹枝词的范围。

　　比如，据宋代诗人杨万里竹枝词小序中记载：有一次他坐船经过江苏丹阳，见到"舟人与纤夫终夕有声。……

蓋吟讴啸谑,以相其劳者。其辞亦略可辩。有云:张哥哥,李哥哥,大家着力一齐拖。"又云:"一休休,二休休,月子弯弯照九州。"其声凄婉,一唱众和,因骡栝之为"竹枝"云:"月儿弯弯照九州,几家欢乐几家愁。愁煞人来关月事,得休休处且休休。"

后来,到了明代冯梦龙辑宋人话本《京本通俗小说》载了一首宋建炎年间的《吴歌》称:"月儿弯弯照九州,几家欢乐几家愁。几多夫妻共罗帐,几多飘零在他州。"至今还在流传。

冯梦龙还整理出一首民间山歌。原歌词是"约郎约到月上时,那了月上仔山头弗见渠。咦弗知奴处山高月上早?咦弗知郎处山低月上迟?"冯梦龙对于这首山歌中的土语方言作了剪理,去掉了"那了"(怎么),"咦"(唉呦),"弗知"(是否)。就变成一首绝妙的竹枝词:"约郎约到月上时,月上山头弗见渠。奴处山高月上早,郎处山低月上迟?"

清末黄遵宪在他《山歌》小序中也写了他采集民歌的情况:"土俗好为歌,男女赠答,颇有《子夜》、《读曲》遗意,采其能笔于书者,得数首。"现录二首:(一)、人人要结后生缘,侬只今生结目前。一十二时不离别,郎行郎坐总随肩。(二)一家女儿做新娘,十家女儿看镜光。街头铜鼓声声打,打着心中只说郎。

二是由文人汲取民间歌谣的营养创作出带有民歌色彩和浓郁生活气息的竹枝诗体。所谓"似俗似雅","得竹枝之体"者。这部分诗在竹枝词里占有很大部分。诗之所及,绘风列俗,美刺兼备,寄兴含毫,万象皆陈。涉及的深度和广度，都是其他诗体所不及的。显示出竹枝词诗体广泛的社会性和强烈的人民性，出现了众多的优秀作者和诗篇。

像描摹地方景物方面，如明杨升庵夔州竹枝词九首，诗家评为"与刘禹锡异时同工"之妙。如"夔州府城白帝西，家家楼阁层层梯。冬雪下来不到地，春水生时与树齐。"又如："最高峰顶有人家，冬种蔓青春采茶。长笑江头来往客，冷风寒雨宿天涯。"描绘三峡风物写得非常真切自然。

元代杨维桢编《西湖竹枝集》，爱情诗为多，有些诗传诵于杭州里巷间。元代大画家倪赞极为赞赏。他说曾在暮春时节到濒湖诸山远眺，"见其浦溆沿洄，云气出没，慨然有感于中，欲托之音调，以申其悲叹，久未能成章也。"可是当他看到《西湖竹枝集》后，却"为之心动，言宣为词"一连写出八首竹枝词来。比如："春愁如雪不能消，又见清明卖柳条。伤心玉照堂前月，空照钱塘夜夜潮。"又如："心愿嫁郎郎不归，不及江湖不失期。踏尽白莲根无藕，打破蜘蛛枉费丝。"谐音比兴，极为佳妙。

历代竹枝词中有许多反映劳动人民的艰苦劳动和苦难生活的优秀诗作。如杨万里的《石矶竹枝词》："大矶愁似小矶愁，篙稍宽时船即流。撑得篙头都是血，一矶又复在前头。"明代著名诗人袁宏道深刻地揭露农村地方官吏的恶行："雪里山茶取次红，白头孀妇哭春风。自从貂虎横行后，十室金钱九室空。"清代郑板桥，诗书画三绝。他在潍县当知县时作了40首竹枝词，道尽民间生活疾苦。

清代乾隆时期杨米人写《都门竹枝词》百首。描写乾隆盛世时期北京的官场世态，豪门商贾，百态人情，评者说好象现代的漫画一样，寥寥数笔，勾画维肖，非常生动。其后嘉庆年间得硕亭做《草珠一串》108首，明确提出"竹枝之作，所以纪风土，讽时尚也。"他还说："然于嬉笑讥讽之中，亦必具感发惩创之意。故诽词谑语，皆堪藉以生情，即巷议街谈，不妨引以为证。志在移风易俗，聊为道铎鼓箴。"为竹枝词写作开拓出更加广阔的场景。如写京城衙署如林，冗员庸吏不及备载情形："衙署如林认弗全，缙绅未载数千员。就中岂乏丝纶选，不尽庸庸费俸钱。"还有许多官吏兼做生意，官商结合"赫赫声名各各行，高车驷马也经商""人参古玩好生涯，交换无非仕宦家""缎号银楼也快哉，但能管事即生财。"再现了二百年前腐败政治一斑。

　　三是运用竹枝格调写的七言绝句，冠以"竹枝词"或"效竹枝体"。全依绝句格律写出。可以说是带竹枝味儿的七言绝句。如有一首写北京天宁寺的竹枝词：

城南古寺溯前朝，旧迹模糊付寂寥。
剩有塔铃风自语，似将遗事话金辽。

　　诗以平水韵下平声二萧做韵脚，平仄、粘对都是绝句格律。又如，

神女峰前江水深，襄王此地几沉吟。
晔花温玉朝朝态，翠壁丹枫夜夜心。

这是明代诗人杨慎的《三峡竹枝词》中的一首。格律工整，以典入诗。"晔花温玉"，出自《神女赋》"晔兮如花，温乎如玉。"晔，是光亮的意思。竹枝词里引用了典故，此为一例。再如，写北京后海新月的竹枝词：

暮色苍茫万柳间，波平如镜照诸天。
嫦娥不耐蟾宫寂，悄向人间画远山。

诗以嫦娥奔月的故事，把描绘卓文君"眉色如望远山"借过来说嫦娥不甘寂寞，悄悄向人间描自己的秀眉。以此形容后海新月之美。

从以上三种类型的竹枝词考察，早期竹枝词是从刘禹锡创制的模式沿袭下来，主要表现为民间恋歌和劳动歌谣内容，具有浓郁民歌色彩，歌舞曲与词联在一起，在格律上与曲调相谐和，与绝句诗不同步。宋元以后竹枝词脱离了歌舞曲，独立行诗，许多竹枝词作者写成拗体七言绝句。诗词选家们把竹枝词列入绝句的一种诗体，与绝句就更难区分了。这大概也算是随着时代潮流的变革吧！

竹枝词的四大特色

关于竹枝词的特色，我曾在一篇文章中概括为"四易"，即易学、易懂、易写、易流传。这是从学习和阅读方面讲的。如果从内容、形式及艺术表现手法来研究分析，可以概括为以下几点：

（一）语言流畅，通俗易懂。

竹枝词是由民歌蜕化出来的，民间的口语、俚语皆可入诗，且极少用典，读起来朗朗上口，雅俗共赏。清记录王士祯《师友诗传录》中有一段话："竹枝稍以文语缘诸俚俗，若太加文藻，则非本色矣"。说得很对，这是竹枝词的一大特色。正是由于在竹枝词里用了大量口语、俚语和地方乡音，读起来具有浓厚的乡土风味和生活气息。

王士祯的这几句话很重要。注重"稍以文语"，文语，即文雅之词；缘诸，即围绕俚俗，用现在的话说，就是"以俗出雅"。或者说用俗语、口语而出雅妙者。王士祯不主张"太加文藻"，如果这样就失去竹枝词的本色了。比如有首《湖州竹枝词》："临湖门外是侬家，郎若闲时来吃茶。黄土筑墙茅盖屋，门前一树紫荆花。"完全以口头常语，眼前景物，自然而出于雅妙。给人以弦外之音，语淡而情深。诗家评论说："竟是白话，此竹枝最胜"。又如当代北京竹枝词："沧桑十载革新潮，古老京都旧貌消。借问前门京味叟，您知哪儿是天桥？"（郑直）用俗语、老北京话而自然感人，写出京城面貌的重大变化。

在中国诗歌史上，历来有人不赞成诗中有俗语、俚语出现。严羽《沧浪诗话》中说："学诗，先除五俗：一曰俗体，二曰俗意，三曰俗句，四曰俗字，五曰俗韵。"宋代朱熹也说过："要使方寸之中无一字世俗言语意思。"清人著作中提出过诗有八病五忌之说。五忌中的第二忌就是忌字俗。说"字俗则诗不清，故下字须典雅而有来历。"竹枝词则相反，正是以容俗为特色的。主张用俗语而自然感人者，用俗语而雅妙者，达到俗中寓雅，雅俗共赏。正如清代著名竹枝词作家杨米人所言："诗能容俗尤风雅，笔已惊天况鬼神。"历代许多优秀的竹枝词恰恰是淡语中有味，浅语中有情，俗语中含雅。

有人问，竹枝词与绝句有何区别？我认为首先应从容俗上去把握。竹枝词的语言应是明白易懂，俗语、俚语、日常语、歇后语均可入诗。但不是一味的俗，要俗中寓雅。要把俗语、俚语经过一番选择、提炼消化功夫，与整个诗的意境相融合。而不是生搬硬造塞进诗里的语言。

（二）格律较宽，束缚较少。

民歌作者不太懂诗韵的规范。民间歌舞中的歌词都是与当时当地日常生活中语言和曲调音律相适应的。因此，民间竹枝与诗词中的格律不完全相同，是两码事。所以，如果按律绝诗体要求，刘禹锡的九首竹枝词，没有一首是符合格律规范的。比如，刘词第一首：

白帝城头春草生，白盐山下蜀江清。
南人上来歌一曲，北人莫上动乡情。

诗中第三句第四字用平声，第六字用仄声；第四句中第二字用平声，第六字用平声均不合格律。第二首云：

山桃红花满上头，蜀江春水拍山流。
花红易衰似郎意，水流无限似侬愁。

诗中的一、二、三、四句起头都用平声字不合格律。

依此类推，以下七首都不合格律。白居易的四首竹枝词也有一首不合格律的。

这种不拘格律的现象，从刘、白开始，后人接踵，世代承袭下来。近人在考证竹枝词的格律时认为竹枝词"以民歌拗体为常体"，以绝句为"别体"（任半塘《竹枝考》）。拗体，即指不按格律、绝体的平仄规范的诗体。清代万澍说：竹枝，"为拗体七言绝句"。清人宋长白《柳亭诗话》也说："竹枝，人多作拗体。"明代董文焕《声调四谱图说》云："至竹枝词，……其格非古非律，半杂歌谣。平仄之法，在拗、个、律之间，不得全用古体。若天籁所至，则又不尽拘泥也。"可见，竹枝词的拗体特色，成为与七绝诗体的重要区别之一。这种特色，给了它广泛流传发展的便利条件。由于格律较自由，束缚较少，作者易于掌握，有广大的写作队伍。

至于竹枝词的韵脚，大量作品沿用平声韵（平平仄平）。这也是从民歌沿袭下来的。但也有押仄声韵。如苏轼在忠州作的九首竹枝词有平有仄。其咏项羽的一首云："横行天下竟何事，弃马乌江马垂涕。项王已死无故人，首入汉庭身委地"。事、涕、弃皆为仄声韵。

从诗式上看，竹枝词以七言四句为常体。但也有五言四句的"变体"如宋代贺铸有《变竹枝》九首，为五言四句。清袁枚有《西湖小竹枝词》五首，均为五言。其一云：

    妾在湖上居，郎在城中宿。
    半夜念郎寒，始觉城门恶。

纵观竹枝词的格律变化，早期的作品由于歌舞曲和词没有脱离，歌词的格律较自由。但元、明以后词与曲逐渐脱离后，词的格律即向七言绝句发展，清代大部分成为用白话写的七言绝句。民歌风味已减。笔者认为，初学者应懂得格律，不懂格律写竹枝词，往往写成顺口溜，油滑肤浅，俗而伤雅；但又不能拘于格律，硬按格律要求填塞，成为"格律溜"，亦不可取。

（三）格调明快，诙谐风趣。

大凡竹枝词，不论出自南方或北方，也不论是汉民族或少数民族，几乎都带有这种格调。成为竹枝词极其重要的艺术特色，也是与其他诗体（包括绝句）的重要区别之一。

清王士禛云："竹枝词'大抵以风趣为之，与绝句迥别。'"清人杨静亭在《都门杂咏》的序中说："思竹枝取义，必于嬉笑之语，隐寓箴规，游戏之谈，默存讽谏。"明人颜继祖在《秣陵竹枝词》的序言中也说：竹枝词"能以嬉笑代怒骂，以诙谐发郁勃，昔人所云善戏谑而不为虐也。"就是说以幽默轻松的格调表达丰富深邃的思想感情。的确如此。竹枝词的优秀之作，往往于风趣中见神韵，于诙谐中隐美刺，于谐逗中寓真情。形成惟竹枝特有的"竹枝味儿"。

比如，《清代竹枝词》有一首写北京六国饭店的。该饭店即今国际饭店前身，清末建造。云：

海外珍奇费客猜，两洋风味一家开。
外朋座上无多少，红顶花翎日日来。

红顶花翎指清代官吏，诗中说这座外国风味的饭店，珍馐异馔，都叫不出名字。然而外国客人却来得很少，清廷大吏们倒天天来。辛辣地讽刺清廷的腐败。

庚子，义和团事变八国联军侵入北京，清廷大吏们纷纷携眷逃出城外。有一首竹枝词写了这种场面：

> 健儿拥护出京都，鹤子梅妻又橘奴。
> 都道相公移眷属，原来小事不糊涂。

大事不糊涂改成"小事不糊涂"，就把只顾家不顾百姓，只想个人安危，不管国家兴亡的清廷官吏嘴脸，刻画得一览无余。

竹枝词反映的社会各个层面的生活，有不少写得极有风趣。《西湖竹枝词》有一首写男女恋情的：

> 又道芙蓉胜妾容，都将妾貌比芙蓉。
> 如何昨日郎经过，不看芙蓉只看侬。

诗中以姑娘的口吻问自己心爱的人说："你不是说芙蓉比我漂亮么，那为什么昨天经过这里时，你只瞧着我而不看芙蓉呢？！"芙蓉，即荷花。两个热恋中的情人互相逗情的心态写得十分真实生动，极有风趣。《北京清代竹枝词》有一首写北京致美斋的风味小吃的：

> 包得馄饨味胜常，馅融春韭嚼来香。
> 汤清润吻休嫌淡，咽后方知滋味长。

把致美斋馄饨之好，写得有滋有味，幽默俏皮，令人垂涎。

古人云："诗用意要精深，下语要平淡"。竹枝词正是在诙谐风趣之中，化精深入平淡，达到深入浅出的境界。从而使它独具魅力，成为历代诗人所学习和追求的目标。

（四）广为纪事，以诗存史。

诗与史相结合，是我国诗歌的优良传统。竹枝词缘于纪事，举凡风土民情、山川形胜、社会百业、时尚风俗、历史纪变等等皆可入诗。涉及到政治、经济、社会、历史、文化等诸多领域。可以认为，竹枝词所反映的各个历史年代的社会生活层面，无论从广度和深度来说，都是其他诗体所不能比拟的。竹枝词使诗词的功能得到了广阔的开拓，同时，也保存了大量有价值的第一手史料。

在这里特别应提到竹枝词一向有注文的传统。每首诗后常加小注，用简明的文字注释诗的内容，既可加深对诗的理解，也是对诗的补充。历史学、社会学研究者们，常常发现在正史里记载简略，或没有记载的，却往往从竹枝词里找到重要史料。那些简明注文与优美的诗歌，相互印证，相互呼应，达到相得益彰的地步。

比如，《清代北京竹枝词》里有一篇《都门纪变百咏》，是当时住在北京的两个外地人目睹义和团进京和八国联军侵略京城的情形而写出的。《纪变百咏》每首诗后都有注文，文字简洁，生动具体，实为一篇庚子京师目睹记，成为史料翔实的历史见证。

又如，清末宣统二年（1910）四月，长沙出现抢米风潮。当时由于米价暴涨，百姓齐集巡抚衙门要求平抑粮价，官军开枪，死伤多人，愤怒群众放火烧了衙门，湖南巡抚逃跑。这次风潮，对濒临危亡的清政府给予很大打击，第二年辛亥革命，清政府垮台。近人杨世骥编《辛亥革命前后湖南史事》中收入了当时人写的74首竹枝词记其事。其中一首云：

鸿飞中泽起哀鸣，抚慰无言巢不平。
百姓只缘官逼乱，新军弹压动枪声。

诗后注云："军队抽枪上刺刀，戳伤数十人，众拆照墙砖块抛掷，岑抚下令开枪，一时哭声震天"。作者愤怒地道出这次事变是官逼民反。

清末苏曼殊在他的小说《断鸿零雁记》里留下七首《捐官竹枝词》，是揭露清廷腐败吏制的。清末有一种制度，凡是为赈灾、河工、军需捐款的都可给官做，谁捐的钱多，谁就可以做大官。实际上所捐的银钱都饱入上级官吏的私囊。如有一首写道：

工赈捐输价便宜，白银两百得同知。
官场逢我称司马，照壁凭他画大狮。

同知，是知府的辅佐官员，司马是对同知的尊称。得了同知，可在家门外的照壁上画狮子以做标示。

《捐官竹枝词》中还有："便宜此日称观察，五百光洋买得来。""一万白银能报效，灯笼马上换京卿。"等等。

明代万历年间邝庭瑞编《便民图纂》，前二卷绘有

"务农""女红"图，按图又写出31首竹枝词，对明中叶江南农村的农桑劳作习俗、农桑技术、农民苦辛，都写得生动细致，一幅幅农村百景跃然纸上。诗家评论说"与山歌、田唱密迩，愈得竹枝体制之正。"

竹枝词的艺术表现方法

竹枝词作为一种诗体，在创作方法上，与其他诗歌的创作方法基本相同。比如运用形象思维，强调意境、意象，等等。但是，竹枝词在长期发展过程中也形成了自己经常运用的艺术表现手法，现举出以下几种：

（一）白描方法。

什么是白描？有人以为只要心中所想，口中所言，信手拈来，不施描绘，就叫白描。其实这是误解。白描这种艺术表现方法，原是绘画上的方法，后移至诗歌方面。所谓白描，就是抓住描写物象的主要特征，不加渲染和烘托，用简练的笔墨刻画出鲜明生动的形象。竹枝词多为纪事体，在叙述上大量运用这种方法，以简练明快的语言，成功地描绘出千姿百态的社会万象。有一首旧时北京过春节的竹枝词：

雪亮玻璃窗洞圆，香花爆竹霸王鞭。
太平鼓打咚咚响，红线穿成压岁钱。

（杨米人《都门竹枝词》）

仅仅四句，通过对北京过春节最具特征的民俗：放花、爆竹、霸王鞭、太平鼓、压岁钱，有声有色地表述出来，组成一幅十分生动热闹的老百姓过春节的场面。

用白描方法选拣物象的特征时，在文字表达上有时运用对话的方式，使诗中的形象更加鲜明、生动。又如，有一首用对话方式写江南农民饱受地主盘剥之苦的竹枝词：

黄豆满畦菱满湖，问君生计不须图？
"黄豆先尝李家债，菱钱欲抵张家租。"

一位过路人看到田里的庄稼和菱角长得非常茂盛，问种田人说，这样好的庄稼，今年的生活大概不用发愁了吧！种田人答道："哪里？黄豆收了是还李家债的，菱角卖了是抵张家租的。"简练地问答，把农民们辛苦一年，尽被地主剥夺的悲惨状况全盘托出。再如，清人褚维垲写过一首京城人家吃水难的竹枝词，全用白描笔法绘出一幅民俗画。

驴车转水自城南，买向街头价熟谙。
还为持家参汲井，三分味苦七分甘。

诗下有小注："甜水从城外转运，价甚昂。省俭者苦水参半焉。"这种在京城过日子的用水习俗，恐怕现代人很难理解了。

（二）比、兴方法。

比、兴是从《诗经》传下来的诗歌艺术表现手法。

什么是比、兴？经典的解释，汉代学者郑玄提出："比者，以彼物比此物也。""兴者，先言他物以引起所咏之词也。"一般来讲，比，就是比喻，包括明喻和暗喻（或称隐喻）。兴，是起的意思，是从某一事物引发而出的内容，即触物起情，触景生情。比和兴通常联起来运用。比、兴方法对古典诗歌创作有深远影响，竹枝词里有大量作品运用比兴方法，通过对眼前景物环境的比、兴，可以更加抒发感情，丰富人物的内心世界，可以使形象更加鲜明，具体而微，增加诗的含蓄美，引发想象力。

竹枝词运用比兴可谓多姿多彩，有明喻、隐喻、谐音、拟人、运用歇后语等等。现举例如下：有一首《洞庭竹枝词》写道：

目断浮梁路几重，可怜家伴最高峰。
如何一个团圆月，半照行人半照侬！

丈夫远离家乡到浮梁去了，家住在山头上的少妇，望着一轮圆圆的明月，望月生情，想念起远去的丈夫。诗的后两句用比兴方法。诗中没有明写这位少妇如何如何想丈夫，而是见到团圆的月亮，引发出一种怨叹：为什么月亮能圆，而我和丈夫就不能团圆呢？月亮呵，为什么半个照着他，半个照着我呢？诗写得如怨如诉。

江上帆樯乱不齐，烟波望望妾心迷。
何如化做东江水，郎若东时侬不西。

《巴人竹枝词》

侬住前溪独上楼,望郎遥隔后溪头。
何时化做溪中水,并入莺湖一处流。

《莺脂湖竹枝词》

题诗秋叶手新裁,好似阿侬红颊腮。
寄与钱塘江上水,早潮回去晚潮来。

以上几首都是以水为比、兴引发女主人的思恋情人的竹枝词。其特点是:

一首是从望到江上的帆樯的"乱不齐",引发少妇的心也迷乱了,进而更加思念远去的丈夫,心想如果能化做东江水,丈夫往东我决不向西!

二首是女住前溪,郎住后溪,女主人站在前溪楼上总也望不到自己心爱的人,引发出强烈的思念之情,什么时候能做溪中之水就好了,那时我们就可以流入莺湖聚会了。第三首把思恋之情写得更加裸露,以钱塘江的潮水做比喻,企盼能"早潮回去晚潮来"与心爱的人相会。江水、溪水、潮水都是女主人的眼前景物,她们见景生情寄托她们对爱情的忠贞和企盼。

写男女之间的恋情,竹枝词特别能运用比兴方法表现女主人的心态,有劝、有嗔、有怨、有恨。如规劝心上人的"情郎莫似湖头水,城南城北随处流"嗔怨心上人的"郎身轻似江上蓬,昨日南风今北风。妾身重似七宝塔,南高峰对北高峰"。还有"恨妾如星圆处少,怨郎如月缺时多"。"郎心如月有时黑,妾身如山无动时"。比喻得十分贴切,一往情深。

上述的比兴方法属于明喻，竹枝词里还用了大量谐音做隐喻。比如：

杨柳青青江水平，闻郎江上踏歌声。
东边日出西边雨，道是无晴却有晴。

这是古今传唱的一首刘禹锡的竹枝词，用晴的谐音暗喻"情"。大概这也是一首最早的谐音竹枝词，后人在写男女恋情上常常用这种方法表达，甚至将一些方言，歇后语也入了诗。如史鉴《雷泽竹枝词》有一首用歇后语的：

燕子来时雁北飞，留郎不住别郎悲。
小麦空头难见面，春蚕作茧自缠丝。

后两句可能都是当时当地的歇后语，比喻之精妙，令人感叹。以谐音比喻恋情的还有"无藕池塘难得藕，有霜时候不成霜"藕为偶的谐音，霜为双的谐音。

在叠语回环中运用比兴，使感情更加浓重，情意更加挚笃，令人荡气回肠。如：

山川不朽仗英雄，浩气能排岱岳松。
岳少保同于少保，南高峰对北高峰。

《西湖竹枝词》

这是赞美岳飞和于谦两位民族英雄的竹枝词，把两位英雄比喻为泰岱松柏，比喻为南高峰与北高峰，令人肃然起敬。

（三）突出典型形象方法。

突出典型形象是竹枝词表现方法之一。什么是典型形象呢？就是能反映物象本质而又具有鲜明生动的个性特征的艺术形象。这种表现手法，可以使诗的形象性更加鲜明突出，更富感染力。现举以下例证：

> 地安门外赏荷时，数里红莲映碧池。
> 好是天香楼上坐，酒阑人醉雨丝丝。

得硕亭《京都竹枝词》

这是一首在地安门外什刹海赏荷的竹枝词。旧时什刹海广种莲花，南至皇城，北至德胜门，一望数里。在莲池北岸有座有名的酒楼叫天香楼。诗中突出地描述在天香楼上饮酒赏荷的情景，用这种典型场景来表现赏荷的境界。那零雨丝丝，把连天荷叶洗得漫湖碧透；池荷绽露，在微风斜雨中映掩出点点珠光。在这个时候，如果坐在天香楼上边饮酒边赏荷，那是最美妙不过的了。这首竹枝词把大自然景色与诗人内心兴会融合一体，诗情画意，浑然天成。

> 凌风高阁俯城隈，人立城头眼界开。
> 最好夕阳红两岸，半江风送一帆来。

张芝田《梅州竹枝词》

这是一首站在广东梅州城楼上观赏梅江景色的竹枝

词。诗人突出表现梅江在夕阳西照时的典型景物,斜辉返映,轻风帆影,烘托出梅州的一片迷人景色。

运用典型形象表现物象主要特征的方法,在历代文人写作中经常看到,现再举一些例证:

层层楼阁白如霜,夹道新荫拂绿杨。
最是浓春三月好,满城开放紫丁香。

潘飞声《柏林竹枝词》

乘舟二闸欲幽探,食小鱼汤味亦甘。
最是望东楼上好,桅樯烟雨似江南。

《清代北京竹枝词》

泽国烟波似画图,汀州处处长菰蒲。
就中最是难忘处,细雨斜风莺脰湖。

《莺脰湖竹枝词》

反映当代城市生活的竹枝词:

琳琅满目烂如霞,微笑迎宾态度佳。
何物于今销路好,美容霜与减肥茶。

(白钢)

作者从两种商场中的典型商品，刻画出城市人民生活质量的不断提高。从温饱型向小康型过渡。

为了引出最有特征性的典型形象，常常在第三句，加重语词如"最是""好是""只今""记得""忆得"等等。

（四）表现动态方法。

表现静态和动态都是诗词创作中的表现方法。而动态表现却常常成为诗歌中最具灵气的内容，动态，可以是物态的活动，心理的活动，意识的流动，等等。吟安一个动词却往往成为一首诗的"诗眼"所在。竹枝词亦是如此。历代竹枝词都有表现动态的佳作。如：

木棉花上鹧鸪啼，木棉花下牵郎衣。
欲行未行不忍别，落红没尽郎马蹄。

《广州竹枝词》

全诗在动态中写送郎远行的场景。鹧鸪啼、牵郎衣、花儿落、没马蹄都是动景。正是这种动景烘托出"不忍别"的离情别恨。在鹧鸪鸟声中，少女牵着郎衣不愿让走，依依不舍，总愿多呆一会儿。时间一分一秒地过去，以至木棉树的落花把马蹄都淹没了。

花朝二月雨初晴，笑语相将北郭行。
折得湘桃刚一朵，小环偷压鬓边轻。

钱大昕《竹枝词六十首》

天真的姑娘们在花朝之期到郊外春游，艳丽的桃花惹得她们非常羡慕。刚刚摘下一朵，就偷偷压在自己鬓边。作者将这位小姑娘瞬间动作和思春心态写得活灵活现，从而把春天气息烘托出生意盎然。

大营城里麦苗齐，饮马池边野雉啼。
连日南风春意足，豆花香到板桥西。

朱鼎镐、山风辉《芦浦竹枝词》

把"香"作为动词使用，使人一下子想象到板桥两边连片连片的豆花临风散布香气的田野风光。

学习写动态，要在炼意、炼句、炼字上下苦功夫。

学习和研究竹枝词的几点启示

近人马稚青在《竹枝词研究》中有一段话："《竹枝》原本巴渝俚音，夷歌番舞，绝少人注意及之。殆刘、白出，具正法眼，始见其含思宛转，有《淇澳》之艳，乃从而传写之，抑制之，于是新词几曲，光芒大白，于文学史上别辟境界，其功绩诚不可没焉。"这种评价实不为过。学习和研究竹枝词，对今天来说有些什么意义和启示呢？个人拙见，略述一、二。

一、竹枝词的发展史说明，向社会学习，向人民群众学习，向民歌学习是诗歌发展的根本道路。正如毛泽东同志在讲到诗歌的发展时所说："将来趋势，很可能从民歌中吸取养料和形式，发展成一套吸引广大读者的新体诗歌。"竹枝词从民间歌舞发展成一种新的文人诗体，雄辩地说明毛泽东同志讲的正确。应该说竹枝，这种民间歌舞早就在巴蜀民间流传了，但直到唐元和年间由于刘禹锡、白居易肯于汲取民歌营养，向民歌学习，经过再创造成为为歌者配的词，又经长期演变，词逐步脱离歌而成独辟蹊径的新诗体。可见，民歌是竹枝词的母体，如果刘、白不从民歌汲取养料，是不可能有诗歌中的"竹枝体"的。

实际上，向人民群众学习，向民歌学习，是我国诗歌的优秀传统。从《诗经》《楚词》开始，历代优秀诗人都注意向民间学习，从民歌中汲取养料和形式。大诗人杜甫，在四川写的许多诗作，都受到竹枝民歌的影响。明人李东阳说："杜子美《漫兴》诸绝句有古竹枝意，跌宕奇古，超出诗人径蹊。"清翁方纲也说："杜公虽无竹枝，而'夔州歌'之类，即其开端。"历史上不少诗评家讲过向民间学习的体会。明人冯梦祯在《西湖竹枝集跋》中说："嘉兴歌出于妇人儿子船家贩夫之口，而正使学士大夫深思苦索或不能就。"清代诗人袁枚在《随园诗话》中谈自己的体会说："少陵云多师是我师。非止可师之人而师之也。村童牧竖，一言一笑，皆吾之师。"并举例说明他如何从担粪夫、僧人那里学得的语言入诗。

其实，今天尽管时代不同了，但向人民群众学习，向社会学习，仍然是诗歌创作源泉。

二、诗歌只有为广大群众所喜闻乐见才是具有生命力的。竹枝词历千年而不衰，究其原因，主要有两条，从形式上看，竹枝词的口语化和格律较自由是重要条件。口语化，使群众看得懂，易理解；格律较宽，使人易于掌握，束缚较少，容易写。从内容看，竹枝词无论纪事写景都言之有物，不作无病呻吟；反映社会生活，描摹人民苦乐，都是有血有肉。正因为如此，竹枝词与诗歌创作中的形式主义、八股调毫无共同之处。明、清时期，一些反对诗歌形式主义的著名诗人，如明代徐渭、袁宏道，清代的王士祯、郑板桥、袁枚等等都推重竹枝词。在他们的带动下，竹枝词得到广泛推行。成为反对诗歌形式主义的积极力量。

竹枝词在我国诗歌发展史上的地位和作用，对我们研究当代传统诗词的改革和发展，无疑是有积极的借鉴意义。当前，传统诗词面临着如何为社会主义现代化服务问题，而要解决这个问题，有两点应考虑，一是传统诗词必须走雅俗共赏的道路。要想法使诗词走到群众中去，贴近人民、贴近社会、贴近生活。既要避免古奥难懂，也要避免俗赏雅不赏。二是在格律上，要提倡今音今韵，这样可以减轻格律的难度，使更多的人易于掌握。这是使竹枝词走向大众化的重要条件。

三、竹枝词以诗存史，为诗歌发展开辟广阔天地。由于竹枝词长于纪事，泛咏风土，举凡山川胜迹、人物风流、百业民情、岁时风俗、水旱灾害，大至政治事件、社会兴革，皆可入诗。长期以来，记载了各地区的社会、历史、政治、经济、文化诸多方面的真实情况，储存了大量的珍贵史料。使这种诗体不仅具有文学价值，还具有重要的社会历史价值。竹枝词提供的史料，被广泛应用于历史、社会、民俗等诸多领域。但还有大量竹枝词散落各地民间，搜集、开掘和研究这一重要的文学宝库，对于宏扬我国传统文化，鉴古资今，推进社会主义两个文明建设是有积极意义的。当前亟需广泛发动社会各界人士和部门，包括各有关学会如各地诗词学会民俗学会等，特别是各地的地方志机构，进行搜集整理，组织出版，作为我国历史文化的一项基本建设。

当然，竹枝词作为一种诗体，也有局限性。由于它诗式短小，一般为七言四句，对于重大题材，宏大场景，难于表现。由于创作队伍庞杂，诗歌修养参差不齐，有些作品比较粗糙，质量较差。我们学习和研究竹枝词，既要学其所长，又要避其所短，选优鉴劣，古为今用。在新的历史时期发出更辉煌的光采。

（原为"竹枝词"讲座稿，2004年2月）

主要参考书目：
《历代竹枝词》三秦出版社王利器、王慎之辑
《竹枝纪事诗》暨南大学出版社丘良任撰
《西湖竹枝词》浙江文艺出版社顾希佳选注
《清代北京竹枝词》北京古籍出版社路工编选
《北京风俗杂咏》北京古籍出版社雷梦水编
《北京风俗杂咏续编》北京古籍出版雷梦水编
《中华竹枝词》北京古籍出版社雷梦水等编

本讲稿根据拙作《漫话竹枝词》（1997年4月）参照近年在北京诗词学会各诗社的讲稿进行整理的。

竹枝词与北京民俗

一

明清时期，尤其在晚清和民国初年，出现了大量专门描写北京民俗民风方面的竹枝词，"或写阛阓之状，或操市井之谈，或抒过眼之繁华，或溯赏心之乐事"（《续都门竹枝词》序），"搜刮凤城，描摹象管"，数量之大，品类之多，可谓五彩纷呈，琳琅满目。

比如，有写节令年俗的《灯市竹枝词》《元夕踏灯词》《上元竹枝词》《燕九竹枝词》《新年竹枝词》；有写庙会风情的《厂甸竹枝词》《城南竹枝词》《春游词》《秋游词》；有写名胜风光的《三海杂咏》《中山公园竹枝词》；有写市井百业、杂耍戏曲的《北京岁时杂咏》《天桥即事》《百戏竹枝词》。还有综合各门类的竹枝词，比如成书于清乾隆年间的杨米人《都门竹枝词》100首。嘉庆年间成书的《都门竹枝词》（佚名）80首，分为街市、服用、时尚、饮食、市井、名胜、游览、总结12门类。道光年间出版的杨静亭《都门杂咏》分为10个门类，计有风俗门、对联门、翰墨门、古迹门、技艺门、时尚门、服用门、食品门、市廛门、词场门。这些门类，大体可以概括北京民俗文化的方方面面。此外，也有"借眼前之闻见，抒胸际之牢愁"的《慷慨竹枝词》，有记述北京历史事变的《都门纪变百咏》等等。

北京竹枝词涉及到如此广泛的社会生活，笔者认为和这种诗体的艺术特色有直接关系。作为由民歌演变过来的竹枝词，与其他诗体比较起来有鲜明的特点：一是语言流畅，通俗易懂，重自然，少雕饰；二是反映市民生活，富有浓郁的生活气息，"京味"很浓；三是长于叙事，妙用比兴，风趣幽默，俏写真实。一首好的竹枝词往往俏语联珠，于风趣中见神韵，于诙谐中见美刺，于细微处写真实，"体虽俳而情则正，词虽俚而意则深"；四是格律较宽，极少"八股"气。从某种意义上说，中、晚清竹枝词的兴起，实为对格律诗的一种冲击，为其后诗歌变革之先声。概括地说，竹枝词可以归纳为"四易"：易懂、易学、易写、易流传。

正以为如此，这种诗体在表现社会生活、民俗民风方面有独特的优势，拥有广大的写作队伍，上至达官，下至小吏，尤其广大中、小文人，都能够信手拈来，把自己对社会生活的感同身受，通过竹枝词真实而生动地再现出来。因此，尽管竹枝词不是当时的诗歌主流，却能在民俗文化领域挥洒自如，游刃有余，成为民俗文化中绚丽的奇葩，体现出重要的人文价值。竹枝词里珍藏的大量北京民俗文化史料，已成为民俗学家们收藏、开掘和研究的宝库。

二

竹枝词对于北京的节令民俗有大量记载。就以正月十五日元宵节来说，这个节日早年称上元节，是北京节令中最热闹的一个节日。组织灯市观灯，"正月十五逛花灯"，是元宵节传统民俗活动。正月十五前后，北京的一些主要繁华街道张灯结彩，红红绿绿，奇巧瑰丽，装饰得十分漂亮。到了晚间，倾城男女拥向这些繁华街道观灯。

"今宵闲煞团团月，多少游人只看灯"。灯市是什么景况呢？明代有一首竹枝词是这样描写的"大道朱楼锦绣围，歌中万户绕春辉。楼前火树嶙峋照，化做红云片片飞。"

清代的一首竹枝词写道："灯棚十里夜光斜，一半琉丝一半纱；自是燕山春色早，天寒正月放梨花。"

说起比较的灯市，明代最热闹的地方是东华门以东的灯市大街，即今灯市口。那时两侧都是崇楼彩阁，居住的是"勋家、戚家、官家、豪右的眷属"。每年正月从初八至十七举办元宵节灯市，届时百官也放假十天，每晚"灯张乐作、烟火施放"，非常热闹。清初至中叶，灯市南移至前门外的灵佑宫，有诗道："东华旧市名空在，灵佑宫前另结棚。""灵佑宫前骑似麻，春灯簇簇斗繁华。""正阳门外鱼龙盛，火树粘天照走桥。"晚清时期灯市以琉璃厂最盛。"琉璃厂起东西局，奇巧光华几万重。""琉璃厂东闻踏歌，琉璃厂西纷绮罗。"清符曾《上元竹枝词》写道："珠珞流苏照宝灯，星球佳制出时兴。游人竞集琉璃厂，巧样争夸见未曾。"

有些竹枝词通过对灯市出现的典型情节的描绘来烘托出节日的热闹景象。

例如，旧时北京有一种习俗，在元宵节期间妇女们都要穿白绫衫结队"宵行"，俗叫"走桥"。传说这样可以在一年内消除百病。有诗说："踏穿街头双绣履，胜饮医方三盅水。"所以每至元宵节倾城妇女都出来在街上走串观灯，以至许多妇女把头上的金钗玉簪都丢失了。有一首竹枝词就写了灯市将散，扫街的人拾拣妇女们丢下的头饰的情节称："坊坊曲曲月微微，走过三桥百病稀。是处扫街人不散，沙中拾得翠翘归。"（清文昭《踏灯竹枝词》）还有一首竹枝词是写上元之夜已更深夜阑了，青年男女们仍然玩兴很浓："腰鼓声喧雨点捶，朱衣画裤斗新奇。月明归路嫌萧索，更看顽童颠幕儿。"（蒋仁锡《燕京上元竹枝词》）"颠幕儿"是儿童们一种掷制钱的游戏，玩时用手颠，得面者负，得字者（有光绪通宝等字）胜。这首诗生动地反映出灯市散了，依然有很多人余兴犹存，孩子们不肯回家，还在玩他们的游戏。

  元宵节的花灯，在制作上很讲究。明清时期以米家灯最有名。据说，米家灯是从明末米万钟的米家园（又称勺园）传下来的。明蒋一揆的《长安客话》称：米万钟的勺园（今北京大学校园内）"绘园景为灯，丘壑亭台，纤细具备，都人士又诧为奇，啧啧称米家灯。"后来，米家灯的制作越来越精巧，样式新颖，极受欢迎。"涂红抹绿浑闲事，时样偏宜出米家。""愈变愈奇工愈巧，料丝图画更新兴。"有一首《上元词》对米家灯写得十分传神："裁纨剪彩贴银纱，灯市争传出米家。花似乍开莺似语，十分春色到京华。"

  人们不仅观灯，而且有各种花会、杂耍、秧歌作表演。"秧歌一曲声声媚，月色灯光转助娇。""腰鼓声声喧满路，小儿争赛闹秧歌。"

  放焰火，观"盒子"花，使逛灯活动进入高潮，形成最热烈的场面。旧时，春节一过，在重点街道立高竿，扎看台，作各种准备。《帝京景物略》载："烟火则以架以盒，架高且丈，盒层至五，其所藏械：寿带、葡萄架、珍珠帘、长明塔等。"清代高士奇《灯市竹枝词》："火树银花百尺楼,过街鹰架搭沙篙。月明帘后灯笼锦,字字光辉写凤毛。"诗下有注曰:"月明帘、灯笼锦,皆盒子内放出者,最后有五夜漏声催晓箭诗,整首诗字大如斗,光焰荧荧,良久方灭。"

猜灯谜,是上元节看灯时的趣味活动。在元宵之夜的热闹街市,把谜语贴在花灯上,游人一面看灯一面猜谜,猜中的还可得些奖品,所以常能引起游人的莫大兴趣。"灯谜巧幻胜天工,不惜奇珍与酒红。多少才人争奇彩,夸长竞短走胡同。"(赵骏烈《燕城灯市竹枝词》)由于谜语是文人们编写的,"谜语甚典博,上自经文,下及词曲,非学问渊博者弗中。"(柴桑《燕京杂记》)所以灯谜又称作"雅谜",所得奖品,也都是纸墨笔砚等文房用品。有一首竹枝词描写了这种情形:"几处商灯挂粉墙,人人痴立暗思量。秀才风味真堪笑,赠彩无非纸半张。"

元宵节吃元宵是我国的传统习俗,北京也很讲究这个习俗。"桂花香馅裹胡桃,江米如珠井水淘。见说马家滴粉好,试灯风里卖元宵。"(符曾《上元竹枝词》)。黍谷山樵《首都杂咏》还写了一段与元宵有关的民初历史故事:"才看沉底倏来漂,灯夕家家用力摇。卖去大呼一子俩,时当洪宪怕元宵。"这说的是1915年(民国四年)袁世凯称帝的事。袁世凯篡夺辛亥革命的果实,于1915年自立称帝,国号洪宪,因元宵与"袁消"同音,他害怕人民反对他,连元宵两个字都忌讳,要京师警察厅下令将元宵都改为"汤元"。这一年店铺不敢叫卖元宵,喊:"一子儿俩。"一子儿,指一个铜板。这首竹枝词虽然显得粗俗些,但却点出了这位现代史上窃国大盗的丑恶嘴脸。

三

　　旧时北京的寺庙多，庙会也多，大约有一半的寺庙有庙会，"设市者居其半数"。（《旧都文物略》）办庙会有两种情况，一种是一年一开市，如正月的白云观、大钟寺、火神庙、雍和宫、东岳庙等，二月的太阳宫，三月的蟠桃宫、南顶等。还有一种是一月开几次市，像白塔寺、护国寺隆福寺等等。办庙会最早是拜佛敬神为主的活动，兼有集市贸易，百戏杂耍；也有的后来变成以集市贸易为主的活动。赶庙会是旧北京市民日常生活中的经常性活动。有的是烧香拜佛来的，有的是赶集市购买生活用品的，有的是观赏风景的，有的是看热闹观花会的，也有些游手好闲之徒来这里无事闲逛。

　　正月十九白云观会神仙（称燕九节），是北京地区很有民俗特色的庙会，几百年长盛不衰。白云观是北京有名的道观，元时邱长春曾在此处修炼，死后传说在正月十九日这一天下界人间，人们到白云观可以碰见他，能消灾免祸。所以到这一天，"车骑如云，游人纷沓，上自王公贵戚，下至舆隶贩夫，无不毕集"，形成热闹的庙会活动。明清时期许多文人墨客写过不少竹枝词描绘盛况，最有名的有清初大文人孔尚任等写的《燕九竹枝词》。孔尚任是清初著名戏剧作家、《桃花扇传奇》的作者，在北京住过很长时间。孔与康熙三十一年（1692年）与袁启绪等9人在燕九节这一天同游白云观，回来后在9人中的陈健夫家中以庾信"结客少年场，春风满路香"为韵，各作10首竹枝词，共得90首。在这些诗作里记述了白云观庙会的各种活动场景，如花鼓秧歌队、击球走马、百戏场、吃食场、放风筝等等，给后人留下了珍贵的史料，也给北京诗人们的结社唱酬留下了一段有趣的历史佳话。比如孔尚任以"春"压韵的"金桥玉洞过凡尘，藏得乞儿疥癞身。绝粒三旬无处诉，被人指作邱长春。"作者以轻俏的语言，真实而生动地把个乞丐装的"活神仙"写得淋漓尽致，揭穿了这种"会神仙"活动的真实情况。孔另一首以"风"压韵的，则写儿童在白云观外放风筝的情景："结伴儿童裤褶红，手提线索骂天公。人人夸你春来早，欠我风筝五丈风。"这一天大概是风轻日丽，放风筝怎么也抖不起来，心里着急，咒骂天公欠他五丈春风，把个儿童放风筝的心态写得生动有趣。

　　旧时北京的庙会集市由于时日持久，逐步形成各自特色。比如厂甸以书画古玩为特点，有首竹枝词写道："新开厂甸值新春，玩好图书百货陈。裘马翩翩贵公子，往来都是读书人。"（扬新春《都门杂咏》）土地庙，因地与丰台花乡毗邻，多以农产品、柳编、簸箕、鸡毛掸和鲜花为主。《同治都门杂咏土地庙》："柳斗荆筐庙外陈，布棚看过少奇珍。缘何游客多高兴，眼底名花更可人。"药王庙以卖花卉为特色："药王庙里担花忙，茉莉初开贵价偿。最是黄昏新罢浴，晚香玉伴美人妆。"（《燕台口号一百首》）护国寺和隆福寺是京城东西两大集市庙会，《燕台杂咏》写道："万货云屯价不赀，进城刚趁亮钟时。西连护国东隆福，又是逢三庙市期。"《草珠一串》写道："东西两庙货齐全，一日能消百万钱。多少贵人闲至此，衣香犹带御炉烟。"王公贵族下了朝班不回家，先去逛东西庙,他们的衣服上还带着御炉烟味呢!

　　旧北京有中顶、西顶、南顶等寺庙,都是供奉碧霞元君娘娘的,庙会时妇女拜娘娘求子者众多,以至许多公子阔少、游手好闲之徒也竞相游逛。《续都门竹枝词》写道:"南顶烧香浪荡多,扇摇丰润帽香河。游行杂沓争驰逐,道上纷纷跑热车。"

四

　　"凉果炸糕甜耳朵,吊炉烧饼艾窝窝,叉子火烧刚买得,又听硬面叫饽饽。"(《都门竹枝词》)这首竹枝词包括北京风味小吃的七个品种。这些品种小吃至今仍为北京市民所喜爱。

　　说起北京的风味小吃可谓历史悠久。拿豆汁来说,据说早在辽代就有,起码有1000多年的历史了。据经济史家们考证,北京小吃有二三百种,主要来自三个方面:一是宫廷内食品传入民间,如元代的烧饼、肉饼、莲子粥,明代的龙须面、小火烧,清代的麻酱烧饼、小窝头、豌豆黄、芸豆卷等;二是南方人在北京做官,带来江南小吃,如年糕、元宵、艾窝窝、南味糕点等;三是由于北京是北方各少数民族融合之区,不同的饮食习惯爱好,涌现出品种繁多的小吃群,如饽饽、萨其玛等。这些小吃进入北京后,都根据北京市民的口味习惯加以改造和创新,形成博采各地精华、兼收各民族风味的特点,因此长盛不衰。

　　北京小吃在经营上有两种形式:一种是有门店的小吃店,这种小吃店一般经营几种小吃,有的是餐馆店铺,同时制卖具有本店特色的食品，享誉京城内外。比如致美斋的馄饨很有名气。有首竹枝词道："包得馄饨味胜常，馅融春韭嚼来香。汤清润吻休嫌淡，咽后方知滋味长。"（《都门杂咏》）又如小有余芳的蟹肉烧卖："小有余芳七月中，新添佳味趁秋风。玉盘擎出堆如雪，皮薄还应蟹透红。"（《都门杂咏》）至今读起来仍具有很强的诱惑力。此外，还有月盛斋的烧羊肉，会仙居的炒肝，曰俭居的东坡肉，滋兰斋的水晶糕等等都是独具特色的小吃。以宫廷食品闻名的仿膳向来以宫廷小吃菱角糕、豌豆黄、小窝头著称。《旧京秋词》道："菱糕切玉秋黄窝，午膳居然玉食罗。饭饱湖滨同辍茗，夕阳明外见残荷。"

　　另一种是街头小吃摊，有的是家庭作坊自产自销的，有的是小吃店派到街头叫卖的。旧时的北京以串街卖货的挑担小吃最兴旺。他们有的是推小车，有的是提货篮，有的是挑担子，一边走走一边吆喝，每种小吃都有不同的叫卖声，成为老北京独特的风情。每逢严冬到来，在寒风瑟瑟的的夜晚，挑担提篮的小贩们发出各自不同的叫卖声。有卖赛牛筋五香豌豆的，卖白水羊头肉的，卖炸丸子炸豆腐的，卖卤煮熏鸡的等等。有一首描写卖硬面饽饽的竹枝词道："硬黄如纸脆还轻，炉火匀时不托成。深夜谁家和面起，冲风唤卖一声声。"寒夜卖饽饽谁来买呢？夏仁虎《旧京秋词》中道："可怜三十六饽饽，露重风凄唤奈何。何处推窗呼买取？夜长料得女红多。"买饽饽充饥的大多是在夜间干活的手工业者和做针线活的妇女们。

五

　　现在的北京人都吃上了清洁的自来水，可是半个世纪前的旧北京市民又是怎样的呢？竹枝词对此事有十分有趣的记载："驴车转水自城南，买向街头价熟谙。还为持家参汲井，三分味苦七分甘。"（《燕京杂咏》）这首竹枝词生动地勾画出一幅老北京市民的生活画面。过去，北京市民居家饮用的都是井水，很多家都有浅水井，只是甜水井少，苦水井多，大部分市民靠买甜水过日子。社会上有专卖甜水为业的人，每天从"井窝子"或称"水屋"里装满水车，由小毛驴拉着或人力拉着沿街挨户送水。每到一家以摇铃为记，每天按户按量，按月结算水钱。由于甜水价格较贵，普通人家光用甜水用不起，就将甜水与自家井里的苦水掺和着吃。有的人家用苦水洗衣，混合水煮饭，甜水泡茶。"还为持家参汲井，三分味苦七分甘。"写的就是这种情形。

　　还有一首竹枝词今天的年轻人读起来也会觉得新鲜。"卖水终须辨苦甜，辘轳汲井石槽添。投钱饮马还余半，抛得槟榔取亦廉。"（《燕台口号一百道》）过去没有汽车的时候，北京的主要交通工具是骡马牲畜。骡马的生活习性是怕干渴，饿一天没关系，可不能没水喝。北京作为全国都城，骡马很多，在街巷水井旁设有多处饮马石槽，叫"施水堂"。牲口饮水要付水钱，给多少钱呢？一桶水给半文钱。由于没有半文钱的面值，怎么找钱？就扔给几个槟榔算是两不欠了。这种有趣的细微记载恐怕很难从其他史料中找到了。

提到水车夫，过去凡是在北京干这一行的都是山东人。有一首竹枝词写道："草帽新编袖口宽，布衫上又著摩肩。山东人若无生意，除是京师井尽干。"为什么都是山东人呢？据民国时期徐国枢写的《燕都续咏》里考证："担水夫在明朝时多为山西人，清兵入京定鼎，随驾八旗满蒙汉二十四旗分住内外城，随营火夫皆山东流民，后担水夫役辄为其把持。"他还写有一首竹枝词："晋人势弱鲁人强，若辈凶威孰与当。垄断把持官莫制，居然水屋比皇堂。"这大概指那些把持"水屋"的业主水霸。北京由于甜水井少，后来发展成按水井划分送水地段，久而久之，就成为"水屋"业主的地盘，掌握居民饮用水大权，对居民进行盘剥，成为当地"水霸"。至于多数送水的水夫其实也是"水霸"奴役、盘剥的对象。

六

京剧是北京文化的一支奇葩。在京剧的形成、发展和成熟的过程中，出现过许多享誉京城的表演大家。在早期的发展中起过奠基作用的名演员，清代的道光、咸丰、同治时期有三位名噪一时，那就是余三胜、张二奎和程长庚，世称"京剧三鼎甲"。现在许多人都不知道了，但在竹枝词里对他们的表演盛誉却有记载。清道光年间杨静亭《都门杂咏》里写道："时尚黄腔喊似雷，当年昆弋话无媒。至今特重余三胜，年少争传张二奎。"在《都门赘语》中也有一首："春台、喜、庆与徽班，角色新添遍陕山。怪道游人争贴坐，长庚明日演昭关。"

北京在清代嘉庆以前盛行昆腔和弋腔，到光绪后期二簧腔代之而起，昆弋腔逐渐衰落。据《天咫偶闻》记载："国初最尚昆腔戏，至嘉庆中犹然。后乃盛行弋腔，俗称高腔，仍昆腔之辞，变其音节耳……道光末，忽盛行二簧腔，其声比弋腔高而急，其辞皆市井鄙俚，无复昆、弋之雅。"大概当时的文人官吏不大习惯二簧腔，说它"喊似雷"，但广大市民和年轻人很欢迎，特别对当时有名的余三胜、张二奎和稍后的程长庚，争相卖座。那一时期余三胜是春台班的台柱子，张二奎是四喜的老生主演，程长庚是三庆班首席，先后形成京剧界三大艺术流派。尤其程长庚名重京华，享誉最久，有"徽班领袖，京剧鼻祖"之称。"文昭关"是他的拿手戏。为培养京剧人才，他在家里开设"四箴堂"招收学生，造就出一代名伶，诸如孙菊仙、谭鑫培、汪桂芬等。有一首竹枝词写道："若向词场推巨擘，个中还让四箴堂。"

京剧到清末民初，名家辈出，出现鼎盛时期，先后有京剧新三杰、四大须生、四大名旦诸家。京城有"满城争说小叫天"（谭鑫培）"无腔不学谭"、南麒（周信芳）、北马（马连良）等美誉流传。有两首竹枝词写民国时期的京剧情况：

"大栅栏前丝管哗，程谭声调满街夸。光宣以后风流歇，压轴居然属畹华。"（《都门杂咏》）程谭，指程长庚和谭鑫培。畹华指梅兰芳，梅字畹华。

"清音零落旧歌场，一派徽存韩世昌，都道二簧风味好，行腔要学马连良。"（《首都杂咏》）韩世昌是昆曲名演员，由于京剧兴盛而昆曲较微，马连良成为市井争相习唱的"时髦"腔调了。

京剧在其形成发展过程中，随着演员们声誉日隆，社会地位不断提高，在清代末年，将原来演戏时惯用的"绰号""小名"一律改成正式名号。这一有趣的改动，显示着京剧艺术迈进高雅堂奥的标志。比如谭鑫培叫小叫天，汪桂芬叫汪大头，杨小楼叫小杨猴，陈德霖叫陈石头，何桂山叫何九，黄润甫叫黄三等等，都改成正式名号。宣统元年出版的《京华百二竹枝词》有一首讲了这种情形："日见梨园身价增，呼声一改旧时称。朱红笺写黄金字，雅篆高超无上乘。"

七

反映北京下层人民的生活，是北京竹枝词的一大特色。旧北京是几个朝代的都城，有庞大的官僚贵族阶层，他们花天酒地，尽情享乐。同时也有一个被他们奴役和剥削的广大城市贫民阶层。这个阶层包括众多的手工业者、小商贩、小店铺业主、运脚夫、车夫、贫民、小戏班等等。他们地位低下，生活清苦，终日为糊口而奔波劳碌。竹枝词的作者们多是中小文人。他们与平民百姓接触较多，了解其疾苦，同情其境遇，写出了大量反映这一阶层人民生活的作品，给我们留下了珍贵的下层人民的生活画面。

"摇将煤碱作煤球，小户人家热炕头。妇子三冬勤力作，攒花通枣夜无休。"（《续都门竹枝词》）

旧北京众多手工业者，大多是连家铺，夜间生活，孩子大人一起干，白天卖货，终年劳作，仅能糊口。

"砧杵声停客未归，手中针线认依稀。当街耐冷缝穷妇，但为他人补旧衣。"（《燕台口号一百首》）老北京由于外省客商往来很多，有些妇女由于家境贫寒，常在街头、旅馆附近靠给人缝补旧衣为业，叫"缝穷妇"。"夫难养妇力自任，生涯十指凭一针。"清栎翁《燕台新词》对此写得很具体，"串店不妨凭短凳，巡檐到处趁斜晖，关怀小鼓咚咚响，盐米兼携带月归。"

买破烂，是贫苦老妇做的营生。早年都是用火柴（俗名取灯）来换，不用现钱交易。有首竹枝词写道："尖细声呼换取灯，背筐老妇串街行。破鞋烂纸皆交易，多少穷黎藉此生。"（《首都杂咏》）

磨铜镜，在玻璃镜盛行前家庭妇女都使用铜镜，铜镜用久了需要擦洗，社会上就有专门走街串户擦洗铜镜的手工艺人，这种行业早已绝迹了，而竹枝词却有记载："乌金尺八口横吹，磨镜人来女伴知，携得青铜旧尘镜，门前立待几多时。"（《燕京杂咏》）诗中描写磨镜的手工艺人横吹尺许长的铜管，妇女们听到后知道磨镜的来了，早早出门等候着，形象生动逼真。

卖胡梳坠什的小贩，旧时常提着包裹在旅馆外高声叫卖，卖货声带有腔板。这种小贩也早就绝迹了，而竹枝词里仍保留着小贩们叫卖时的唱词："叫卖出奇声彻宵，街头客店任逍遥，胡梳坠什稍家走，十个铜元检样挑。"（《京华百二竹枝词》）

残疾人在旧北京没有生活出路，靠讨饭为生。旧时的盲人为生存往往学乐器，自己行路不便，靠吹奏乐器讨来围观者的施舍。"燕市萧声乞食来，琵琶檀板共追陪。

夜深月色明如昼，调奏沿街"'一剪梅'。"（《燕京杂咏》）还有些盲人专门给说唱艺人伴奏或独奏而谋生。有一首竹枝词描写了弹奏琵琶的盲姑娘："秋娘袅袅拨琵琶，也抱琵琶半面遮。却信人间重颜色，夜深犹插满头花。"（《朝市丛载》）诗作者带着深沉的同情心，把这位盲姑娘的复杂心态写得楚楚动人，用"半面遮""满头花"写出盲姑娘虽然满目漆黑，仍将自己想象成娇美的样子，她仿佛也自信自己在别人眼里是同样的娇美。然而，她的命运究竟怎样呢？

北京旧时乞丐很多。每遇灾年，大批流民进入北京，政府设了粥厂，进行救济，有的给川资回家，也有不少人沦为乞丐。尤其是那些父母双亡的乞儿最为可怜，每到冬季很难度过。旧时北京一到数九寒天，每天清晨警察都要先清理在城门洞和富人家大门外冻死的乞丐。乞丐所住之处，有一种叫"鸡毛店"。清蒋士铨在《京师乐府》里写道："牛宫豕栅略相似，禾秆黍秸谁与至。鸡毛作茧厚铺地，还用鸡毛织成被……天明出街寒虫号，自恨不如鸡有毛。"有一首竹枝词写道："乞儿终日向寒啼，羽翼徒怜养未齐。三个青蚨眠一夜，鸡毛房里似鸡栖。"（《燕台口号一百首》）

八

反映北京民俗民风方面的竹枝词可以说浩如烟海，不胜枚举。但仅从上述便可以清楚地看到竹枝词在民俗文化中的地位和价值。北京竹枝词与北京的民俗文化浑然一体，勾画出一幅清晰的旧北京风貌，体现出浓厚的京味特色，鲜明地表现出我国诗歌艺术的优秀传统。今天看来，这对于传统诗词如何更好地表现新的时代精神，反映社会主义新北京的风貌，体现新的京味艺术特色，具有重要的借鉴作用。希望竹枝词这一传统诗歌艺术之花，在新的时代开得更加绚丽多姿！

1996 年春节定稿

竹枝词里的爱情诗

竹枝词源于民间歌舞。竹枝词里的爱情诗，也是从民间情歌里演化加工出来的。一方面保留了浓郁鲜活的生活气息和地方风土特色；另一方面又经过文人的艺术加工，形成优美深邃的意境。它纯美动人，情思质朴，在诗歌的海洋里发出熠熠的光彩。这部分诗可以说是我国从唐至清一千多年来普通劳动人民爱情生活的写照。本文仅就这一历史年代竹枝词里的爱情诗作一简要述略：

> 东边日出西边雨
> 道是无晴却有晴

让我们还是从最早唐代刘禹锡创作的两首爱情诗开始吧。唐代长庆二年（822年）刘禹锡当夔州刺史的时候，在这年正月他到建平（今巫山县）见到民间唱《竹枝》联歌,吹短笛击鼓,边唱边舞,以"曲多为贤"带有赛歌性质,引起他极大兴趣。它不仅学会了唱,而且还仿屈原的《九歌》作《竹枝》九篇,作为新词传唱。加上此前作的两首,共计十一首。这些诗一经传出就像一缕清新的风和一泓清亮的水带进了诗坛,尤其是其中的两首爱情诗更是脍炙人口,久传不衰,成为刘禹锡诗歌的代表作。至今仍为广大群众所传诵。是哪两首诗呢?

其一: 杨柳青青江水平,闻郎岸上唱歌声。
　　　东边日出西边雨,道是无晴却有晴。

诗写的是在一个动人情思的水乡,一位初恋少女忽然听到从江上传来的歌声。细一听正是心上爱的那个小伙子唱的。她又高兴又疑虑,但看他边走边唱从江边走来,又给了她很大鼓舞和期待。诗人巧妙地运用民歌中常有的谐音双关语,"东边日出西边雨,道是无晴却有晴",将这位初恋少女微妙复杂的内心活动——从迷惘不安到期望和信心,维妙维肖地刻画出来。真乃"双关巧语,妙手偶得"。此诗一出,不胫而走,广为传唱。据一本宋人的笔记记载,直到南宋时期,在江苏太湖一带的客船上还听到船夫唱这首诗呢!

其二: 山桃红花满上头,蜀江春水拍山流。
　　　红花易衰似郎意,水流无限似侬愁。

这一首以一位少女的口吻,借景生情,用鲜明而贴切的比喻，抒发自己内心情恋之苦。她仰望山头桃花灼灼，俯看蜀江春水东流，这美丽的春天景色使她不禁想起久未见面的情郎来，心中顿生嗔怨，不禁叹道：郎的情意就像红花一样容易凋谢呀，而侬的愁呵，却如蜀江的水，日夜奔流，无穷无尽！诗写得情真意切，九转回肠。后来南唐后主李煜大概受到这首诗的启示，将亡国之愁引发出"问君能有几多愁，恰似一江春水向东流"的浩叹！

刘禹锡这两首爱情诗为后代开了先声。到了元代杨维桢编著第一本竹枝词专辑《西湖竹枝词》出版。书中爱情诗占了很大比重，成为该书一大特色，虽然当时曾受到一些道学家的抨击和批评，对后世产生了一定影响。但是，从明、清以来各地出版的竹枝词来看，爱情诗仍迭出不穷。这些诗带着鲜活的生活气息，以清新质朴的笔调，写出广大平民百姓在爱情上的欢乐与幸福，缠绵与情逗，相思与嗔怨，悲愁与向往，抒发了人性中最清纯、最真挚、最热烈的情爱。从这些诗里找不到虚情假意，更没有矫饰和"包装"。既不是偷香窃玉的爱情游戏，更不夹杂着色情媚俗的邪气。总之，它展现给人们的是一个真善美的爱情世界。

三潭印月三轮月
不及湖心一点心

爱情，最宝贵的是真心的爱，专一的爱。早在西汉时期卓文君的《白头吟》里就有"愿得一心人，白首不相离"。千百年来，早已成为人们广泛认同的恋爱观和道德观,成为男女两性间营造爱情的根基。

在我国长期的封建社会里,旧礼教的束缚,使妇女争取婚姻自主是很难很难的,获得真正的爱情更为难得。唐代女诗人鱼玄机大声疾呼:"易求无价宝,难得有心郎"。在《西湖竹枝词》里也有一首诗深沉地唱道:"三潭印月三轮月,不及湖心一点心!"他们最担心的是怕得不到自己所爱的人的真爱。有一首竹枝词是这样写的:

> 莫道新欢如瑟琴,西湖水证白头吟。
> 蜜蜂飞入花深处,不要繁红只要心。

——清·张振孙

青年男女结婚了,要办嫁妆、修新房、搞婚庆,男欢女悦,热闹非常。然而,在这位新娘看来,这些都不是最重要的。最重要的是新郎那颗真正的爱心。她要和新郎在清澈明亮的西湖水边发誓作证,爱到白头,伴到老。诗运用比兴的方法,以蜜蜂采蜜为比喻,形象而生动地表明"只要心"的强烈追求。同时,也亮出了新娘那颗真挚的爱心。

> 湖上交秋风露凉,湖中莲藕试新尝。
> 莲心恰似妾心苦,郎思争似藕丝长?!

——元·宇文公谅

一对青年夫妻在秋天莲藕熟的时候,在西湖岸边的餐馆里品尝新藕，边尝边聊自然少不了情话绵绵。诗中拣选出女主人以俏皮的口气对丈夫的探问：我的心就像莲心那样苦呵，可你是不是像藕丝那样经常思念我呢？这种试探性的情语，反衬出他们爱情的甜意如蜜。

男女爱恋通常是通过纯情的语言来表达心与心的交流，达到心心相印，加深爱的契合。请看一位热恋中的女主人，敞开心扉，向自己爱人的倾吐：

南北高峰作镜台，十里湖光如镜开。
行人有心都看见，劝郎肝胆莫相猜。

——元·朱彬

女主人把西湖的南北高峰比作镜台，将清亮的西湖水比作镜子，深情地说，这面大镜子能把每个人的心都照出来，我这样真心爱你，你应该看得清楚，你我肝胆相照，千万不能互相猜疑呀！

生活中两性之间的情爱，不是道貌岸然，也不常是圣言说教。请看一对热恋中的情侣的调情诗：

又道芙蓉胜妾容，却将妾貌比芙蓉。
如何昨日郎经过，不看芙蓉只看侬。

——清·徐釚

诗运用回环重叠的笔法，写一位少女向自己心爱的人说：你不是说芙蓉比我漂亮吗，那为什么昨天经过这里时你只瞧我而不看芙蓉呢？这位天真活泼的少女与心爱的小伙子的调情逗趣写得极其真实生动，以天真痴语写出万千爱意，丝毫没有狎昵矫饰之感.

当然，男女之间情爱达到心心相印、深情意笃之时，自然升华出一种甜蜜的幸福感。明人邰泰宁有一首非常优美的爱情诗：

似郎年少妾殷勤，水色天光死不分。
外湖水是里湖水，南风云挽北风云。

居住西湖边的一对青年夫妇，手挽手地一边欣赏西湖景色，一边说着他们相爱的蜜意和向往。女主人感到身边的丈夫是这样年轻漂亮，而自己也是勤快热情，这是多么匹配的一对呀！她沉浸在两心相约的美妙感觉中，掩不住心中的喜悦向丈夫说，你看那西湖的闪光水色辉映得多么美，我们要像他们那样死也不分开；你看那里湖和外湖的水相通相连融合得多么好，我们也要像他们那样你中有我，我中有你，亲密无间；一会儿女主人抬头望见耸立在西湖的南高峰和北高峰，会心地说，我们要像这两座山的云一样永远缠绵依傍。诗连续用了三个比喻，层层递进，从不同角度把西湖的山水之美与年轻夫妻的铭心之爱十分和谐地融为一体，仿佛整个西湖都被她的爱所笼罩，变成他们二人主宰的爱的世界。

> 如何一个团圆月
> 半照行人半照侬

恋人送别和久别是爱情诗中最情深意笃、牵肠动心的，"悲莫悲兮生别离"。（屈原）别离使人怀愁，使人抱恨，使人痛苦，使人尝到酸甜苦辣的各种滋味。李商隐"相见时难别亦难"，不言离别之苦而道送别之难，为前人所未有。这"难"到了什么程度呢？清代诗人彭羡门《岭南竹枝》有一首云：

> 木棉花上鹧鸪啼，木棉花下牵郎衣
> 欲行未行不忍别，落红没尽郎马蹄。

诗展现出一幅送郎远行的画面。木棉树开着红艳艳的花，树上鹧鸪鸟啼叫着，树下一对恋人相依相偎，旁边站立着一匹送人远行的马。男女主人公都没说什么话。然而，鹧鸪鸟"行不得也哥哥"的叫声不正是女主人的心里话么！那木棉花似的火样恋情，使两人长久地偎依在一起，谁也不肯先说出个"走"字，时间似乎完全凝固起来，以致木棉树落下的花瓣把马蹄都淹没了。这场景大概连马儿也感动得不忍心载主人远行了。写"别"之难，竟然到了如此缠绵悱恻，难舍难分的程度。

送郎千里，终需一别。爱人之间的送别，常常引发出缕缕忧绪，有许多心里话要一诉衷肠。有一首西湖竹枝词写道：

> 别郎心绪乱如麻,孤山山角有梅花。
> 折得梅花送郎别,梅子熟时郎回家。

诗写得纯朴自然,明快流畅。女主人送郎远行,心绪很乱,欲吐心语,如何表达呢?就折一只孤山的梅花吧,以花代情,以梅代言,以孤山自喻,一片纯情,真挚动人。

> 青晖堂前牵郎衣,别郎问郎何日归。
> 黄金台高倘回首,南高峰顶白云飞。

诗写得委婉含蓄,一往情深。女主人是读书小姐,送郎外出考取功名。她没有直说要等他回来。只是说当你功成名就回望家乡时,会望见南高峰有白云如絮,缠绵迴绕。其情淡淡而寓意深深。

当然,送别的爱情诗里更多的是千叮万嘱。有的是劝勉:"情郎莫似湖头水,城北城南随处流。""愿郎莫学杨花薄,一逐东风不恋家。""郎在程江江畔过,劝郎莫上百花洲。"

有的是嗔怨:"恨妾如星圆处少,怨郎如月缺时多。""荷叶团团比侬意,露珠不定似情郎。""何如化作东江水,郎若东时奴不西。"

更多的是期盼早日回家:"愿郎也似江潮水,暮去朝来不断流。""劝郎好学双飞燕,一度秋风一度归。"

这些诗读起来充满活鲜鲜的生活气息,俗而不俚,言浅意深,语近而情遥。

爱人久别相思是最难捱的了,"三百六十病,唯有相思苦"。宋代词人张先把相思之情苦，比喻为千万个解不开的心结。"天不老，情难绝。心似双丝网，中有千千结。"在古诗中有一首妻子对远离的丈夫因相思之极转而向丈夫戏谑的诗，说你走的时候夸自己腰间有龙泉宝剑护身，现在请你试试能割得断我无尽的相思吗？"从来夸有龙泉剑，试割相思得断无！"在《羊城竹枝词》里有一首却写得直抒胸臆，丝毫不加掩饰："不弄春蚕不织麻，荔枝湾外采莲娃。莲蓬易断丝难断，愿缚郎心好转家！"这一"缚"一"转"把一位少妇相思的难捱表达得淋漓尽致。

在竹枝词里，那身边物，眼前景，一花一草，一石一木，都引发情人无限相思。那重重心事，想丢丢不掉，想躲躲不开，"才下眉头，又上心头"。有一首巴蜀竹枝词里写道：

院里迎春郎手栽，花时郎绕百千回。
从郎去后春无主，纵有风吹花不开。

请看，把女主人那种终日惆怅、六神无主的相思之苦，活脱脱地刻划出来。

月亮的阴晴圆缺，总是被人们用来和自己的命运相联系，自然也成为恋人们引发相思的情物了。

目断浮梁路几重，可怜家伴最高峰。
如何一个团圆月，半照行人半照侬。

这是一首《洞庭竹枝词》。住在山区的少妇，望着圆圆的明月，见景生情，思念远去江西浮梁经商的丈夫。她情不自禁地埋怨起月亮来。月亮呵，为什么只许你每月都能圆，却不肯让我和丈夫团圆呢？诗写得如怨如诉。

离别越久，相思愈重。梦境，成为情侣们经常幽会的地方。爱情诗写梦中相会的不少，然而，梦总是空的，"不知魂已断，空有梦想随"呵！有首竹枝词则另辟蹊径：

与郎久别梦相思，不作西园蝴蝶飞。
化作春深啼鹃鸟，一声声是劝郎归。

苦苦相思，害得女主人不再作西园相会的蝴蝶梦了。而是化成一只杜鹃鸟，在梦里叫着"劝郎归"。啼鹃，即杜鹃鸟。鸣声凄厉，能动旅客归思。这比情人梦中欢会，醒后空自悲伤，更加凄婉深沉。当然，梦里相思，盼郎早归，很多情况下是担心丈夫行路不安全，怕"出事儿"。清人有一首齐昌竹枝词道：

逐末休辞蜀道难，心随郎楫下青滩。
他生莫作商人妇，夜夜惊魂梦急湍。

这位女主人的丈夫是往四川做生意的，女主人每天都吊着一颗心，怕丈夫遇险，心中只有爱人的形象，夜里做梦都被青滩那个地方湍急的水声惊醒。

相思愈苦，结爱愈深，从而产生一种坚强的信念，"你心坚，我心坚，各自心坚石也穿。"（宋•蔡仲《长相思》）有一首竹枝词是这样写的：

> 小姑疑郎去不归，为郎打瓦复钻龟。
> 青山尚有飞来日，不信人无相见时。

是呵，西湖的飞来峰都能够从远地飞来，我那爱心如铁的心上人总有一天会相聚的。

> 上塘杨柳下塘荫
> 阿侬爱人不爱金

爱情有价码吗？用金钱和权势就可以获得爱吗？在金钱与物欲横行的社会里，婚姻可买卖，女人论斤卖，似乎成了司空见惯。然而，在竹枝词里却另有一种声音来回答：

> 不爱郎君紫绮裘，不爱郎君珊瑚钩。
> 永求同生愿同死，化作莲花长并头。

这是一位少女对所追求的爱情最直率的表白。当社会上把金钱和权势当作换取"爱情"的筹码时，诗中女主人却以反传统的大无畏气概，毫不含糊地说不！她所爱的不是荣华富贵，官事亨通，要的却是郎君真正的爱，不仅活着的时候相亲相爱，就是死后也要变成"并头莲"一起开放。

另一首竹枝词可以说是上一首的补充：

上塘杨柳下塘荫，阿侬爱人不爱金。
塘水西流东入海，水深不似阿侬深。

响亮而明确地提出所爱的是人而不是金钱。"为郎歌唱为郎死，不惜珍珠成斗量！"

清人写的一首东莞竹枝词云：

自少生涯海月边，不知朝市不知年。
不愿我郎做官去，愿郎撒网我摇船。

"愿"什么，"不愿"什么，态度极其鲜明，十分明确。那些自小生长在海边的渔家女孩儿们，对"朝市"官场不感兴趣。他们就是想过着男撒网女摇船的渔家生活。"郎爱捕鱼侬织蓑，劝郎不必要登科。"这样的日子"且比鸳鸯更亲切，早朝双去暮双回。"

金代大诗人元好问在一首词中道："问世间情是何物？直教生死相许。"至爱产生大勇。真心地爱，可以使人无所畏惧，任凭地老天荒，海枯石烂，敢于以死相许。在封建专制社会，封建礼俗，家长制强迫干预，成为扼杀青年男女恋爱婚姻自由的枷锁。在漫长的历史中，不知有多少有情人未成眷属而遗恨终生，有多少忠贞爱侣以死殉情。竹枝词里有不少爱情诗以强烈的感染力写出人们对恋爱婚姻自由的渴望和呼声。请听一位镜湖边的女子的歌唱：

秦望山头松百株，若耶溪里好黄鱼。
黄鱼上得青松树，始是阿侬弃郎时。

她一旦觅及知心所爱，则锐意以往。还有一首竹枝词将自己与心爱的人比作藤和树"藤生树死缠到死，藤死树生死来缠"。此等为爱而热烈拥抱死亡的激情，真是慷慨痴绝，率情以赴。当一对热恋中的爱侣，受到权势的强力干预，硬是被强行拆散时，他们情爱如钢，心坚似铁，愤怒地以死向罪恶的权势宣战：

　　生不丢来死不丢，生死共妹六十秋。
　　生在人间是莲藕，死在阴间共枕头。

这就是爱情无价的宣言，这就是竹枝词里对爱情的礼赞！这与现代流行的"闪电式"的"爱情"，弱不禁风的爱情，把爱情视为玩玩而已的游戏，不是绝大的讽刺吗！

　　郎自服劳侬自饷
　　得闲且摘苦丁茶

不言而喻，男女之间的爱恋总是和他们所追求的幸福美满的婚姻家庭为归宿的。他们向往着，企盼着，总有一天要成为恩爱夫妻，组成幸福家庭。什么是他们心目中的美满幸福呢？有一首江西竹枝词是这样描绘的：

　　芒鞋草笠去烧畲，半种蹲鸱半种瓜。
　　郎自服劳侬自饷，得闲且摘苦丁茶。

蹲鸱，即山芋。这对青年夫妻过的日子真够清苦的了。然而，读着他们从心底里流出来的清纯的话语，又是多么有情有味！真是自得其乐，无怨无悔。这大概就是他们关于爱情的幸福观吧！其实，我国广大劳动人民在劳动生活中结成的爱情，浸透着生活的酸甜苦辣，甘苦与共，相濡以沫，共同铸造欢乐，共同承受艰辛，你中有我，我中有你，自由自在，鱼水交欢，这不正是爱情所营造的那个"伊甸园"么？

　　　　文昌桥下水波清，种菜人家爱晚晴。
　　　　妾自提篮郎摘菜，一双黄蝶更多情。

　　谁说那些普通的劳动人家生活单调，不懂情趣呢？那一双黄蝶在菜畦中间忽东忽西，翩翩起舞，双双对对，在小两口眼前时隐时现，能不引发他们的爱意吗？草、木、山、水、鸣禽、蝴蝶都会使他们的爱情加深加重，恩爱深深，天长地久。当月明之夜，他们倚坐岸边观赏江心的皎月时，觉得皎月再美，也不如他与爱人的情意美，"到底月圆中有缺，不如侬意与郎情"。在夏季美丽的莲花池畔，他们见景生情，唱道："侬比莲心心最苦，郎如藕丝丝更多。"他们见到篱边的豆花盛开，双蝶飞舞，又幸福地唱了起来：

　　　　豆花开遍竹篱笆，蝴蝶翩翩到我家。
　　　　妹似豆花哥似蝶，花愿恋蝶蝶恋花。

　　当然，他们所企盼的幸福是国泰民安，只有天下太平，平民百姓才能过上好日子，请听：

放船早出里湖边，阿侬唱歌郎踏船。

唱得望湖太平曲，与郎长共太平年。

2002年整理旧稿

竹枝词与时代精神

一

竹枝词从中唐刘禹锡、白居易开始成为一种文人诗体，逐代繁衍发展。到了清代，作者日众，作品日繁。上至达官，下至小吏，特别是处于社会中、下层的众多文人，都可以拿起笔来，"或写阛阓之状，或操市井之谈，或抒过眼之繁华，或溯赏心之乐事"（《续都门竹枝词》序）涉及到历史、社会、政治、经济、文化诸多领域。多方面地反映出清一代社会生活面貌。现代学者唐圭璋说："竹枝词内容则以咏风土为主，无论通都大邑或穷乡僻壤，举凡山川胜迹，人物风流，百业民情，岁时风俗，皆可抒写。非仅诗境得以开拓，且保存丰富之社会史料。"据竹枝词研究家们估计，竹枝词作品至少有十几万首以上，远远超过《全唐诗》所载总量。

竹枝词在漫长的历史中，由于社会历史变迁及作者个人思想情调的影响。尤其原本为竹枝歌舞配的歌词，逐渐演变为脱离歌舞而独立存在的诗体，作品格调有不小变化。大体说可概括为三种类型，一类是由文人收集整理的民间歌谣；二类是由文人吸收、融会竹枝词歌谣而创作出有浓郁民歌色彩的诗歌；三类是借竹枝格调而写出格律严整的七言绝句，仍然冠以"竹枝词"或"效竹枝体"。

二

竹枝词属于传统诗范畴，但它有自己的特色。笔者一九九七年在《漫话竹枝词》中总结有四大特色，即（一）语言流畅，通俗易懂；（二）不拘格律，束缚较少；（三）诗风明快，诙谐风趣；（四）广为纪事，以诗存史。这几个方面的特色，使竹枝词较易于融入当今社会，在表现时代精神，反映社会生活方面有先天的优势。比如，现代人们学写传统诗词常常遇到两个困难，一个是以古文言为基础的语词；另一个是严格的格律要求。这很像两只拦路虎，阻碍人们学习、掌握它。但竹枝词可以使用大众化语言，俗语俚语皆可入诗，格律不必那么严格，大体合律就行。这就使这一诗体更能贴近时代，贴近人民，贴近生活。再如，竹枝词富于幽默风趣的格调，增加了诗歌的趣味性。这种特色，使它在表现现代多姿多彩生活方面，大有用武之地。现在生活富裕了，广大人民群众很喜欢那种轻松愉快有情趣的精神生活，那正是竹枝词的长项，可谓游刃有余。竹枝词以戏谑讽刺的格调在鞭笞社会丑恶现象方面往往淋漓尽致，入木三分。还有，竹枝词的纪事体特色，可以从多层次、多方面反映广泛的社会生活。不仅具有文学价值，而且有社会历史价值。有的学者概括说，竹枝词可以"补史""正史""解史"，是毫不为过的。

三

北京诗词学会从九十年代中期开始就倡导学写竹枝词，并在学会会刊《北京诗苑》设《竹枝新唱》专栏发表竹枝词作品。几年来，写的人越来越多，出现了一批好的和比较好的作品。这些作品无论从内容上和艺术表达上都突破了旧体诗词的情调，以耳目一新的斑斓风采，描绘着新时代的多姿多彩的生活。

那一幅幅鲜活生动的城市风情画，人们看了会很开心的。

沧桑千载革新潮，古老都城旧貌消。
借问前门京味叟，您知哪儿是天桥？

——郑直《北京新竹枝词》

广厦新居近大街，叩门贺喜上台阶。
装修铺就波斯毯，笑请来宾先换鞋。

——白纲《访新居》

琳琅满目烂如霞，微笑迎宾态度佳。
何物于今销路好，美容霜与减肥茶。

——白纲《购物》

大糖葫芦风车摇,白水羊头鸳鸯糕。
南歌北调民俗乐,杂耍映出"老天桥"。

——塘萍《地坛庙会》

满目琳琅品样多,扶梯自动走斜坡。
和颜悦色迎来客,笑问您要用什么?

——赵连壁《市场一瞥》

那些写农村新面貌、新气象的竹枝词,读来更是清新喜人。

摩托晓驾去如烟,百里省城一日还。
两眼笑容藏不住,合同又签百万元。

——赵京战《农村竹枝词》

柏油路入苇塘西,烟柳拂堤月影迷。
如此星辰如此夜,阿哥教妹驾轻骑。

——张文廉《山村竹枝词》

华西一曲自编歌,唱得村民齐奋戈。
苦斗年年成首富,洋人来作打工哥。

乡村都市已难分，都市今应逊此村。
农舍幢幢如别墅，奔驰停在自家门。

——李翔《参观华西村》

老年人的生活，成为广大老年作者经常关注的题材，写来娓娓动人，令人怡情悦性，其乐无穷。

香炉峰去白云间，耄耋红军视等闲。
倘若长征重上路，敢摇轮椅上岷山。

宝剑森森劈晓风，青光闪闪赤辉中。
人言太极轻如气，我咋招招像冲锋？

——郑直《部队干休所八题》

推敲再四句微工，绕室低吟味觉浓。
老伴乜睁轻一笑，咱家出个大诗翁！

——张桓《生活杂咏》

飞速发展的时代车轮，把人们带进现代信息化社会，新鲜事物层出不穷，世象纷呈，令人眼花缭乱。竹枝词以明快的格调，写出人们既惊喜又复杂的心态。

网络频传脉脉情，视窗辽阔慰生平。
相知相惜不相见，按键空谈纸上兵。

——白纲《网上聊天》

出行何必带浮财，自助银行昼夜开。
磁卡一插轻按键，现钞如数早飞来。

——白纲《自动取款机》

攘攘长街电话亭，塑窗铝株秀玲珑。
往来过客忙投币，张口无非生意经。

——白纲《电话亭》

严打锋芒斩孽根，扫黄除害卫黎民。
而今小有安全感，昨夜新装防盗门。

——白纲《防盗门》

古人在讲竹枝词幽默风趣的特色时，提出"嬉笑之语，隐寓箴规，游戏之言，默存讽谏"。不少作者心怀忧国忧民，针砭时弊，鞭笞丑恶，寓意深刻，发人警醒。

偷得名牌冒货笺，坑人害命为捞钱。
罚金不堵财神路，打假声声又过年。

——杨金亭《燕京竹枝词》

曲曲琵琶醉未休，画船小蜜共悠悠。
年年见否浔阳上，湿透青衫都是油。

——林崇增《历代诗人新咏》

一圈定案建高楼，楼高不知哪家修。
局长一夜私囊饱，后门挤扁包工头。

——张荣安《官场新咏》

猫见增多鼠亦多，更闻猫鼠互称歌。
相逢一笑恩仇泯，好向粮仓共筑窝！

——缪英《竹枝词·杂咏》

四

党的十六大报告中指出：社会主义先进文化，要"着眼于世界文化发展的前沿，发扬民族文化的优秀传统，汲取世界各民族的长处，在内容上和形式上积极创新。"竹枝词，作为古代诗歌优秀诗体，至今仍具有吸引力。从以上例举可以看出，它完全能够在现代生活的土壤中生根开花。现在的问题是要更好地扶持它，使它在社会主义先进文化百花园中灼灼生辉。

据个人体会，当前一方面应鼓励作者不断提高作品质量的同时，继续拓宽题材领域，扩大社会影响，让更多的人民群众了解它，喜爱它。另一方面作者要开阔眼界，打开心灵的窗子，面向社会，面向多种精神生活需求的社会人群，拓宽题材，走向多种艺术门类相结合的道路。倡导与散文牵手，与书画联璧，与媒体结友，与各种艺术门类相济相偕，活跃于社会，服务于人民。据我所知，这条路已显露端倪。例如，早在九十年代初由著名水电工程专家工程院院士潘家铮著的《春梦秋云录》里就有一篇散文名《新安江上竹枝歌》。文中由四十多首竹枝词组成，诗与文珠联璧合，相得益彰，再现了当时（六十年代初）我国最大的新安江水电工程修建的全过程。是运用竹枝词表现时代精神的一篇佳作。北京诗词学会理事、作者塘萍，近年主持《北京社会报》的《胡同文化》副刊，该副刊经常发表传统诗词。副刊上《京城一景》专栏，每一景照片都配有竹枝词诗歌，芸芸世象，美刺兼收，饶有看头。应该说，这些都是竹枝词在新时代的新唱。

  为了进一步推动竹枝词写作，提高作品质量。北京诗词学会要进一步加强《北京诗苑》的《竹枝新唱》栏目，培养更多的中青年作者，把该栏目办出自己的特色。要继续倡导学会各诗社开展学写新竹枝词的活动，并在此基础上出版新竹枝词的专集。

竹枝薪火亮京华

——北京诗词学会在会员中开展学习竹枝词，创作"竹枝新唱"的情况

中华诗词学会雍文华副会长约我写一篇竹枝词的文章，实在勉为其难。想了一想，并学会诗友商量，就将这些年来北京诗词学会在会员中开展学习竹枝词，创作竹枝词新唱的情况作个汇报。

（一）

北京诗词学会成立于1988年3月，是在中华诗词学会和北京市文联的帮助下组建起来的。属于民间社团，为中华诗词学会的团体会员。现有会员一千七百多人，四十七个基层诗社。

学会成立后，入会会员十分踊跃。他们绝大部分是从工作岗位上退下来的老干部老职工。尽管我们有半个多世纪出现了传统诗词的"断代"现象，然而，由于以毛泽东诗词为代表的革命诗词的广泛传播，广大干部职工队伍深受影响。所以当一批批老同志退下来后，很自然地出现了

对传统诗词学习和写作热情。当时，如雨后春笋般出现的老年大学中最早设定的就是诗、书、画学科，而早期入会的诗词学会会员中，有很多也是老年大学诗词班的学员。

从学会会员的这一基本特点和要求出发，学会把建立学习型诗社做为基本指导思想。为了较快地提高广大会员诗词学养和写作水平，我们想到了出自民间歌舞，具有浓郁民歌色彩，历代传承不衰的竹枝词。我本人是个竹枝词爱好者。从上世纪七十年代初，结合工作学写竹枝词。在学习过程中，我体会竹枝词是一种比较容易学习容易写作的诗体，它的主要特色是（一）语言流畅，通俗易懂；（二）格律较宽，雅俗共赏；（三）格调明快，诙谐风趣；（四）广为纪事，以诗存史。比如，竹枝词在语言上的容俗，白话入诗，和韵律上的"拗体"，要求较宽，就可以放低初学者学习的"高"门槛，由初学时望而生畏，变成望而生"喜"，一学就有信心。又如，竹枝词幽默风趣的"竹枝味儿"。与北京的京味语言，十分相近，北京人听着"顺耳"，读起来"亲切""爱听"。至于竹枝词纪事体特色，可以涉猎广泛的领域，更是它的独特优势。举凡风土民情、山川形胜、社会百业、时尚风俗、历史纪变皆可入诗，能开扩作者多方面视野，容纳多种表现才能。因此，竹枝词貌似简单，而含量丰富，较易于融入当今社会，在表现时代精神，反映社会生活方面有先天优势，完全可以成为传统诗词与时代同步的"切入点"。

当然，如果进一步考察，还能深寻到古老的竹枝词与近代形式的京味文化的渊源脉络。实际上早在明、清时期，尤其是清代，竹枝词在北京曾有过广泛的发展。可以说，它是京味文学的一支源流。康熙年间由于当时诗坛领袖王士禛的大力倡导，曾出现"一时争效之"的盛况。从清代中叶以后一直到民国时期，更是蔚成风尚。上至达官大吏，下至中小文人，纷纷借"竹枝"之体，"或抒过眼之繁华，或溯赏心之闻见，抒胸际之牢愁。""巷议街谈，不妨引以为证。诽词谑语皆堪借以生情。""描摹象管，绘列百态，洋洋洒洒，蔚为大观。"仅据最近出版的《中华竹枝词全编》所载北京卷中属于清代和民国时期竹枝词就有4500多首，俨然形成描绘清代和民国时期北京社会百态的"万花筒"，也是一条亮丽的京味文化的风景线。五四以来，依然一脉流传，张伯驹、张恨水等诸家就创作有精彩的竹枝。如张恨水的《过东单》："记得'皇军'马战酣，荷枪跃马遍东单。于今十万'皇军'物，尽向东单设地摊。"显然，北京竹枝词做为北京优秀文化的遗产，更是应该很好地继承和努力弘扬的。

　　基于上述认识，1994年初我主持北京诗词学会工作后，我专程去虎坊桥中国作协宿舍，专访和看望著名诗人、诗评家杨金亭先生（他当时任北京诗词学会副会长）。没有想到，他对竹枝词情有独钟，而且还把本年在《人民日报》副刊发表的《天山竹枝词》给我看，我真是喜出望外，我们一拍即合。之后学会正式聘请他担任新改版的《北京诗苑》会刊主编，主持编辑出版工作。多年后，我在一首小诗中写道："兴会诗缘久慕贤，虎坊畅论两开颜。卷头一自涓涓语，滋养京苑作美泉。"

　　金亭兄担任主编后，大力加强《北京诗苑》会刊工作，很快提高了整体水平，并得到中央宣传部领导的肯定，北京市委宣传部还发了内部简报。学会和编辑部全面加强对竹枝词的宣传和推动工作。包括发作品、写文章、开讲座。学会在全市性讲座中增添了竹枝词专题，各诗社也掀起学习竹枝词热，学会领导到各诗社宣讲竹枝词不下20次。启动邀约在京的报刊媒体，如《中华诗词》、《北京日报》、《北京晚报》、《北京社会报》、《中华老年报》等刊登竹枝词文章和诗作。拙作《竹枝词与北京民俗》一文在报刊发表后，又在北京广播电台文艺台三次播放录音，隔年又进行过重播。1997年初在会刊《北京诗苑》上正式开辟了《竹枝新唱》专栏，广征诗稿。

（二）

2002年末，《北京诗苑》会刊已发表过三百多首新竹枝词，为进一步推动这一活动，学会召开了《竹枝新唱》座谈会。邀请在京的竹枝词作者和有关人士，以及北京日报、信报、北京社会报，还邀请北京作协秘书长李青等共20余人参加。会议主题是："竹枝词与时代精神"。会上大家对竹枝词如何与时俱进，贴近生活，融入社会，反映时代，发表了颇有新意的体会和看法。如赵京战先生就自己写农村竹枝词的实践，谈到近些年农村发生的深刻变化，无论是农村建设、生活水平、劳动方式、社会交往、精神文化面貌等都有了多方面的新变化。他说，只有体验和把握这些新变化，才能跟上时代步伐，反映出真实的农村生活面貌。再如，刚刚出版《北京世象竹枝词》一书的作者白纲、洪学仁，从"文革"至今，始终以竹枝为体，记下北京的社会、事件、风情等诸多方面的变化。并在《经济日报》副刊上以诗配画的形式，连续刊发16期，颇有影响。他们的体会概括成一句话：就是用新语言写新题材，反映新时代的新特色。象有一首《购物》的诗："琳琅满目灿如霞，微笑迎宾态度佳。何物于今销路好？美容霜与减肥茶。"生动地写出人们在购物中所反映出城市人民从温饱型向小康型过度的真实写照。他们还总结出竹枝词要达到"读之顺口，听之顺耳，阅之顺眼，赏之顺心"的心得体会。这次会上大家发言热烈。实际上成了一次进一步推动《竹枝新唱》的加油站。其后，《北京日报》在文艺周刊版以通栏标题《竹枝词吟唱时代新风》整版刊登了我在本次会上的主题发言，并配以插图。文章总结了几年来广大会员学习竹枝词，推动《竹枝新唱》的情况，认为，无论从内容上和艺术表达上都一洗旧体诗中的旧情调，以耳目一新的现代语言，描绘了多姿多彩的现实生活，朴实生动地彰显那些可喜的新变化。包括那一幅幅生动鲜活的城市风情、社会百态；农村中清新喜人的新面貌和新气象；现代化信息化时代层出不穷新鲜事物，等等，通过竹枝词幽默风趣的清词丽句，描模绘列，美刺兼呈，尽入眼底。给北京诗坛吹进一股清新可人的气息。座谈会对下一步开展活动，提出开展竹枝词新唱的新思路，呼吁作者要迈开双脚，开拓眼界，感悟生活，打开心灵的窗口。要面向多种精神生活需求的社会人群，与多种艺术门类相偕相济，携手前进。倡导与散文携手，与书画联璧，与媒体结友，活跃于社会，服务于社会。

在一个时期中，社会上出现了一些低俗的爱情流行歌曲，有的歌词简直把人生写成动物世界的"原生态"，丧失掉做为文学艺术永恒主题的爱情诗歌中"圣洁"光环。我心中十分不安。于是，想到了做为历代爱情诗歌"宝藏"的竹枝词。那里储存着大量的由民间情歌编织、提炼出来的优秀的爱情诗歌。那些真挚的纯情的感人心肺的人性的情爱之美，多么需要人们的借鉴和传承呵！2004年，我翻阅历代上万首竹枝词，进行反复挑选和刻意诠释，写出一篇《竹枝词里的爱情诗》介绍文章。先是在《北京社会报》上发表，这是属于北京报业集团面向城市社区居民的报纸。发表后，曾经得到一些朋友的赞许。后来，又被全国侨联的刊物《海内与海外》转载，并配上我国著名人物画家范曾先生的几幅画。

不久以后，在北京诗词学会的大家庭中，出现了以网络诗词为重点的甘棠诗社，以北京有实力的中年书画家组织起来的题画诗研究会，活跃于北京诗画坛。

（三）

2006年是《竹枝新唱》开栏的第十个年头。为了检阅成果，迎接北京诗词学会成立20周年，学会将该栏目发表过的近千首新竹枝词，编辑成册，于2007年末正式出版。杨金亭主编在总结十年来成果时说："说实在的，当时，我们对关系到这个栏目稿源的作者队伍状况，了解甚少，对能否办好这个栏目心中无底，只能抱着试试看的态度。至于出书，那只能是连想都不可能想到的了。然而，出乎意料之外，此栏推出后，立即引起了北京乃至全国诗词界朋友和读者的广泛关注，知名和不知名的作者的诗稿、信件纷至沓来。特别令编者感动的是：许多曾未见过有竹枝词问世的老诗人如刘征、李汝伦、邵燕祥、钟家佐、袁第锐、蔡厚示、刘庆云、欧阳鹤等诗词宿将，时有力作惠稿；而杨逸明、张福有、郑邦利、赵京战、胡迎建、张文廉、林崇增、伍锡学、魏新河、王恒鼎、刘泽宇、林峰……则是近十年来，以独具风格的创作，崛起于旧体诗坛的中青年诗人，他们寄来的竹枝词新作中，也多是令人耳目一新的佳作。"在这些老中青诗友的热情支持下，这个栏目，佳作荟萃，影响日深。石理俊主编在该书《后记》中，对《竹枝词新唱》中作品表现出的艺术技巧，进行了深入浅出地分析"玩味"，对人们一贯以直白易懂看待的竹枝词体，进行了具有美学意义的探索，这是对竹枝词理论的深化。这部书出版后，得到广大读者强烈反响。如曾长期担任北京古籍出版社负责人、亲自主持出版过三部竹枝词的著名文史专家赵洛老先生来信称："赐书收到，至感至真。不少佳作，反映真切。……缘竹枝大白话，轻松迷人，恰似窗前新绿的柳丝，摇曳多姿。……元好问曰：'眼处心生句自神，'张船山曰：'好诗不过近人情，''真极情难尽，神来句必仙。'为之贺，为竹枝体诗人贺。"湖北省鄂州市诗词学会会长胡盛海先生来信说："你们这本专集，不论是作者的知名度、作品的水平、编辑、装帧的质量，都是值得我们学习的。"海南省三亚市的李池先生来信说："这本书好就好在有生活气息，言语鲜活，少酸腐气。……因这本书是'大众读物'不是'小众读物'，我读书不多的爱妻看到这本书她也爱读。"还有诗词界的著名学者、诗人如丁芒、蔡厚示、刘庆云以及中国社科院文学所研究专家陈祖美等都热情予以支持并提出很好的建议。

（四）

2007年北京诗词学会以试探姿态将新竹枝词引进北京著名的老字号全聚德烤鸭集团，为他们写了100首竹枝词，取得了效果。本来，在清代有许多描写京城商业餐饮的竹枝词，象北京有名的老饭店八大"楼"、有名的小吃店等许多老字号至今还能寻见到一些优美的竹枝词，给北京的商业饮食文化增添了璀璨的亮点。比如，在清代北京竹枝词里，有一首写致美斋馄饨铺的竹枝词："包得馄饨味胜常，馅融春韭嚼来香；汤清润吻休嫌淡，咽后方知滋味长。"把致美斋馄饨之好，写得有滋有味，幽默俏皮，至今读起来仍是令人垂涎。现在京城的商业饮食业中仍有不少几十年上百年的老字号。在新的历史时期焕发着勃勃生机。全聚德烤鸭集团就是其中的佼佼者。诗歌为人民而歌唱，也应为优秀企业而歌唱。我们的建议受到全聚德集团领导的热情欢迎。如何开写？学会没有采用惯常使用的登报征诗评奖的办法，而是邀请一部分对竹枝词有一定学养和写作水平的在京的20位诗友，以"采风"形式，参观了全聚德的前门老店，看了百年历史的《永远的全聚德》录像，参观了店藏历史文物图片展览室，考察了北京烤鸭的传统和现在制作流程，还听取了总店领导的讲解和介绍。通过观摩、思考，每人写出一组竹枝词初稿，再经过诗友们的传阅、切磋、修改，从中选出100首佳作，形成一次围绕主题开展有组织的采风创作活动。所获成果，总体看质量较好。受到全聚德集团领导的高度重视。现已编成精美书册，做为奥运期间接待宾朋的礼品。还打算在总店、分店以书法的形式有选择地悬挂于店堂，以美术形式上餐桌菜单或向宾客馈赠的文化笺，或以配乐吟唱形式作成光盘，作为厅室的音乐伴奏，让中外宾客在美食中佐以诗情、画意和音乐旋律的文化享受，充实和提高中国餐饮文化的新品味。应该说，这是我们继《竹枝词新唱》专集出版后又一次竹枝词创作的新收获。当然，不仅如此，正如杨金亭主编所讲的："慷慨悲歌的黄钟大吕和风趣幽默的弦歌俗唱，都是我们追求的燕赵诗风应有的个性。""正是富于城市民俗风情的古老的燕京竹枝词传统，在新时期、新时代、新世纪的发扬光大。"

去年，北京市房山区银狐洞地质公园旅游景点，邀请我学会参观"采风"。总经理是位诗词爱好者，在游赏过程的解说词中有他写的20多首充满诗情画意的旅游诗作，引起我们的兴趣。联系当前旅游业一些导游词反映语言低俗问题，学会的诗友主动帮助修改成竹枝味的景点解说词，并在《中国旅游报》全部发表。报社告诉我们，当时正在云南昆明召开全国旅游会议，报纸直接空运会场，受到与会人员的关注。比如在岩洞里以"吐鲁番葡萄"景点的诗云："新疆葡萄大又圆，香飘四海到房山；此日安家银狐洞，只可参观不解馋！"又如，做为该景区享誉中外的大型晶体猫头银狐，玲珑剔透，视为景区神品，诗云："惊世银狐玉无暇，岩溶奇景冠中华；亿载成因犹未解，不知谜底落谁家？"这些诗以竹枝体的神韵，编织着解说员与游人在观景中的神交与呼应，增添了山水的人文气息，让人顿生游兴。从而提高了品味，远离了庸俗。

以上是北京诗词学会根据广大会员学诗写诗要求，对中华传统诗词如何融入当今社会，走向大众的道路上，以竹枝词为"切入点"，取得的一些初步效果。当然，这决不认为只是竹枝词能够"切入"，其他诗体概莫能行。我们几千年泱泱诗国，源远流长，诗体繁多，精彩纷呈。在庞大的诗歌遗产宝库中，自当百花齐放，宜人宜时宜式，各有千秋而已。

我们做为民间社团，还不能象有些省市与行政部门合作更有效地推动这一工作的发展。但是，党的十七大以后，随着我国文化的大繁荣、大发展，我们有充分的理由相信，中华传统诗词的命运，将以适应时代的新面貌，阔步前进！

2008 年 8 月

幽默风趣 并雅俗共赏

——提高竹枝词作品质量的几点思考

为了进一步推动竹枝词的学习和创作，经我们初步讨论，认为今后应把提高竹枝词写作质量出好作品，作为努力方向。

认真讲起来，现在竹枝词的作品数量不算少，喜欢写的人也不少，但作品的质量有待提高。大量作品表现出平庸、一般化。如何提高呢？我想提出四点意见，供大家参考。

一、要在竹枝词幽默风趣的格调上多下功夫

据我的观察，许多诗友对于竹枝词写作比较容易学、容易写的方面知道的人多，而对于竹枝词还有难学难写的一面却缺乏准备，其中有个大难点就是写不出"竹枝味儿"来，总是突不破这道关。

多年来，我也和一些诗友议论过这个问题。我个人的看法，竹枝词所蕴涵的竹枝味儿，主要是指它所具有的幽默风趣的格调。具体说来，应指它本身所呈现出来的诙谐、风趣、俏皮、逗哏儿等调格，为了表达这种格调常常通过比喻、隐语、俏语、歇后语等方式迂回地表达出来。

避免直白，一览无余。其实，这都是从民歌中脱胎出来的。它给竹枝词常常带来民间的鲜活气息，是民歌中的"原生态"，是我们现在要学写竹枝词的人应该继承和发扬的历史文化遗产。

在新的历史时期，时代变了，而竹枝词幽默风趣的格调（尤其是它与北京的京味语言十分相近，北京人听着"顺耳"，读起来"爱听""亲切"），就更有用武之地。多年来，许多写竹枝词的诗友以耳目一新的斑斓风采，在各种诗体的百花园中熠熠生辉。无论从内容上和艺术表达上都突破旧体诗词的旧情调，在城市风情、农村新貌、社会人生、世象风物中都呈现出有声有色，出了一批好的和比较好的作品。比如：

琳琅满目灿如霞，微笑迎宾态度佳。
何物于今销路好，美容霜与减肥茶。

——白钢《逛百货店》

好眼力！作者从百货店拣出销量最好的化妆品和保健品，充分证明了城市人民生活质量的提高，成为从温饱型社会过渡到小康型社会的一个标志。这首小小竹枝词，写出了一个时代的大主题。

华西一曲自编歌，唱得村民齐奋戈。
苦斗年年成首富，洋人来作打工哥。

——李翔《参观华西村》

看，中国农村的典型，改革开放带来多么大的变化。

敢将憨眼藐神仙，打滚蹶蹄自撒欢。
为啥离开张果老？他朝后看我朝前！

——石理俊《驴的故事》

风趣幽默，极富哲理。

呼叫留言有电波，社交生意往来多。
是谁腰里蛐蛐叫，满屋低头各自摸。

——洪学仁《80年代兴起的BP机》

当时兴起的BP机，又叫电蛐蛐。后来手机发展，现已淘汰。
老洪的镜头还照到那个时期的市民们广泛开展的"甩手疗法"的健身活动。

坚持锻炼扫沉疴，不再烦心闹病魔。
抖臂振衣习妙法，满街甩手"大爷"多！

段评：老夫也参加过，哪敢当"大爷"！只是当过两天"掌柜"而已！老北京也有"甩手掌柜"的说法。

竹枝词的幽默风趣的格调，《北京诗苑》主编石理俊先生在2007年北京诗词学会编写的《竹枝词新唱》的后记中，从创作方法上举出八种艺术上构思：（一）充满诗意的夸张；（二）典型性的细节；（三）善意的俏皮话；（四）鲜明的对比、衬托；（五）别出心裁的打岔；（六）有趣的"误会"；（七）谚语或名言的"点化"；（八）借古事说今事。

以上八种都可以作为学习和继承竹枝词幽默风趣格调的参考。

与幽默风趣格调相关的是竹枝词诗体的写作章法。

竹枝词的诗体以七言四句为常用。它也和写文章一样按起、承、转、合的章法来组建。

第一句是起,开头,是一首诗的开场,是全诗的立意。第二句是承,是第一句的补充、深化;第三句是转,为第四句做铺垫,准备,作引线的;第四句是合,合是一首诗的综合提高,是全诗的亮点和最高境界。凡是有写诗经验的人,都要全力营造这第四句,让它出彩。如果这一句"营造"得平平,这首诗也就平平了。古今诗歌流传下来的经久不衰的名句多出在第四句上,竹枝词也是如此。比如,有一首旧时的竹枝词:

> 临湖门外是侬家,郎若闲时来吃茶;
> 黄土筑墙茅盖屋,门前一树紫金花。

诗写得明白如话,第四句一出,光彩照人,余音袅袅,是竹枝本色。

> 健儿拥护出京都,鹤子梅妻又橘奴;
> 都道相公移眷属,原来小事不糊涂。

这是清末八国联军进北京时一些清廷高官携眷逃出京城的情形,出自当时的《都门纪变百首》竹枝词。

> 包得馄饨味胜长,馅融春韭嚼来香。
> 汤清润吻休嫌淡,咽后方知滋味长。

旧京风味小吃致美斋的馄饨。

新疆葡萄大又圆,香飘四海到房山。
此日安家银狐洞,只可参观不解馋!

——《北京银狐洞钟乳石景观"吐鲁番葡萄"》

导游员绝好的导游词。

曲曲琵琶醉未休,画船小蜜兴悠悠。
年来见否浔阳上,湿透青衫都是油!

——林崇增《白居易——新编"琵琶行"》

白居易如果活着,看了是啥滋味?!

二、要在"新"字上作文章

  为在新的时代推动竹枝词的复兴和发展,北京诗词学会的会刊《北京诗苑》上添了一个新栏目叫《竹枝新唱》。石理俊先生写了一篇文章叫《新从何来》,文章说:"竹枝新唱,核心是新"创新是诗歌的魅力所在,是诗歌的生命。"竹枝"同样要求新意、新象、新词,抒写人物的新风采,反映时代的新风貌"。怎样才能写出"新意"来,要靠"创新"。我们这些年在创新上费了不少力,也出了不少成果。现在的问题是有一部分竹枝词"新"得"浅",新得不"鲜活"、还不够"亮丽",缺少"魅力",引不起观者的"注目"。我们还要从体验生活和多思考上下功夫。要在"诗外"多观察,在"诗内"

勤动脑，多"推敲"。一定要写出"新意"来。石老在文章中讲了对客观事物的认识过程。他写道"从触发到感悟，是形象思维和逻辑思维统一作用的过程。在形象思维时也进行分析、综合、判断和推理"。我认为说得很好。毛泽东在"人的认识是从哪里来的"这篇文章中从哲学上讲认识论，从感性认识达到理性认识，这个认识过程是个认识加工制作过程，即"去粗取精、去伪存真，由表及里，由此及彼"的加工制作过程。

  我的体会，人在形象思维和抽象思维的过程，首先有对客观事物的"感触""感想"，然后到达"感悟"，这几个阶段实际上都是"加工"的过程。应该说，在最早的"感触"时就有了"灵感"发生，即所说的"思想火花"，"亮点"的"闪念"。直到有了"感悟"，达到"灵感"的成熟阶段。对于灵感的有无，过去认识不统一，现在逐渐统一。著名科学家钱学森曾提出："应该把灵感看作是与形象思维、抽象思维具有同等意义的一种基本思维活动，加以认真研究，提倡建立'灵感学'。人类有所创造、有所发明，都离不开灵感思维"。

  写诗也是如此。我们写诗，有些人刚刚有了"感触"，还没有进行"深加工"，就挥毫动手完成了大作，结果常常是半生不熟，食之无味，弃之可惜。我很欣赏有些诗友，当有了"灵感"，先记下来作为可贵的"诗料"。信息库，尤其是我们年纪大的老同志更需要。正像一位军队老同志赵秋立同志的诗中所写的："衰毛老眼恋诗情，默记平平仄仄平，梦里依稀得警句，翻身寻笔暗摸灯"。

怎样才能悟出新意，石理俊老先生还列出单子：一是靠联想和想象；二是靠对社会现象的深思；三是要注意反向思维；四是要求对新事物的敏感；五是要做求异思维。排除前人、今人已写过的旧意，寻找未被写过的新意。其中，对新时代新鲜事物保持敏感，我多讲几句。改革开放以来，新事物层出不穷。许多新事物都具有鲜明的时代特征，是褒是讽，须要进行细心的观察和选择。洪学仁、白钢《北京新生活竹枝词》，写进许多新出现的事物，具有鲜明的时代特征。如《博客》："按键轻弹处处通，交流表露兴无穷。世间网友千千万，个性张扬博客中。"书中还写了如追星、蹦迪、网恋、泡吧、街舞、忽悠、股民等等。

三、要坚持竹枝词雅俗共赏的传统

竹枝词是由民歌中脱化出来的诗体。民间的口语、俚语、普通话皆可入诗，且极少用典，读起来朗朗上口，雅俗共赏。清代王士禛有一段话说："竹枝稍以文语缘诸俚俗，若大加文藻，则非本色矣。"说得很好，这是竹枝词的一大特色。雅俗共赏，其实就是说社会上有文化的人和普通百姓都喜欢看，不是俗赏雅不赏，更不是雅赏俗不赏。对雅俗共赏，前一段《北京诗苑》上特别刊登了朱自清先生写的文章，就叫《雅俗共赏》，写得很好，希望诗友们认真看一看。

要达到雅俗共赏，诗的语言要鲜活。语言鲜活，才能吸引人去看。如果诗中大量的经常的使用报章语、官场话、公文语，就吸引不了人。语言的鲜活，主要应从生活中的话语和语汇中提炼，千万不要自造只有自己明白别人不明白的语句。

下面，我们举一些写得比较好的竹枝词的语言运用。

新月含羞柳上藏，农民技校夜辉煌。
阿娇卖菜归来晚，一嘴馒头进课堂。

——李大安《农民夜校》

村南村北起炊烟，一抹夕阳山外边。
谁个楼台横玉笛，数声吹出月弯弯。

——李夏《村居》

姑娘生性好争先，严冬未尽展娇颜。
千万瑶花犹未醒，独独小妮我占先。

——王文华《迎春花》

一个西来一个东，两人对话听得清。
古人没有手机巧，垒道砖墙也传情。

——王文华《天坛公园回音壁》

当然，在语言上那些已经过时的"陈词"在新的时期已经被一些新语词代替了，就尽量不要再用了。如，灯下无须写成"红烛"，军旅诗中的吴钩、铁衣也早已淘汰了。但是，历代诗词中一些名句，名言、成语，至今仍然有生命力的，或诗化的语言应该继续使用的，不能统统丢弃，竹枝词的写作也须雅俗相融、浑然一体。

说到底，诗是运用语言的艺术。语言的功底是写诗的基本功底。根据个人体会，一个是背诵，是自古以来行之有效的基本功。包括美文、美的古典诗词、现代的白话诗；再一个是积累，兜里要常装个小本子，好的美文、美诗、美句，个人的新体会，都可以随时记下来。在你需要的时候，常常成为自己的"锦囊"。

四、保持诗后可加注和创作组诗的传统

广为纪事，为竹枝词重要特点。诗后加注，使诗与注珠联璧合，既有文学价值，又有社会历史价值，鉴古资今，十分可贵。

竹枝词作为一种诗体，由于它诗式短小，一般为七言四句，对重大题材，宏大场景，难于表现。在历史上就以"组诗"出现。如《都门纪变百咏》（为记载清末八国联军进北京的纪实竹枝词）、《百戏竹枝词》、《燕台竹枝词》（20首）等等。近些年，北京诗词学会组织部分诗友出版了《全聚德竹枝词一百首》等。

最后，我要强调一点的是，我们提出的提高竹枝词作品的质量，是以按竹枝词的民歌体特色，来更好地使它表现时代精神，反映社会生活的方方面面。不是要求按格律诗七言"绝句"的要求来提高，那就等于取消竹枝词了。杨金亭先生曾说："竹枝词和七言绝句之间，虽然有艺

上的姻缘，但却是两个各自独立的诗歌文本。前者是文人在民歌基础上创造出的歌谣体诗歌；后者是文人创造的格律体诗歌"。

我今天讲的四点提高竹枝词作品质量，正是从竹枝词作为歌谣体诗歌的本色出发提出来的。

还有一点要说明的是，我在2008年中华诗词学会22次学术讨论会上所作的发言："竹枝薪火亮京华"最后一段所说的话："以上是北京诗词学会根据广大会员学诗写诗的要求，对中华传统诗词如何融入当今社会，走向大众的道路上，以'竹枝词'为'切入点'，取得的一些初步效果。当然，这决不认为只是'竹枝词'能够'切入'，其他诗体概莫能行。我们几千年泱泱诗国，源远流长，诗体繁多，精彩纷呈，在庞大而丰富的诗歌遗产宝库中，自当百花齐放，宜人宜时宜式，各有千秋而已。"

2010年3月23日

我与竹枝词

（一）

　　我本是个做实际工作的干部，或说是个"万金油"干部，哪里需要就被调到哪里去。不过，调来调去，始终没调出北京市这个"圈儿"。

　　我出生于京西房山区的一个小山村。在乡村上小学时，老师要求学生背诵古诗文，时间久了，我就喜欢上了。我还喜爱家乡的山歌小曲，在山间地头或晚饭后常听农民叔叔、哥、姐唱，我也跟着学。以至从农村到北京上学，直到参加工作，几十年来仍喜欢搜集民歌民谣。至于我对竹枝词发生兴趣，却与我父亲的点拨有直接关系。

　　我父亲一辈子在北京从事教育工作，就是做党的地下工作时，也一直以教中学语文为掩护，有时写点诗词和朋友唱和。记得，一次在和父亲聊起民歌小调时，父亲说起唐代诗人刘禹锡将"巴"人的竹枝民歌，改编为竹枝词诗体，对后世影响很大，他说这种诗体语言通俗易懂，易学易写，鼓励我写点竹枝词。

　　1969年，我从北京市级机关下放京郊密云县农村劳动。1971年从农村调回城里，分配到市水利局工作。从此我就喜欢上了水利这一行当。我曾在一篇小文中写道：

"当我看到水的美姿,听到水的美声,观察那些有良好效益的水利工程,接触那些勤劳敬业的水利职工,就常常引发我的灵感,写上几笔,或诗词或文章。尽管我的写作功底不厚,诗味不多,但蛮有情趣。"

这一时期,我的笔调大多有意带点民歌的"竹枝味儿"。可用我的两句诗来概括:"平生事业为孺子,捡得余闲理诗文"。日子久了,这几乎成为我大半生的习惯,成了我的一种工作和生活方式。

我最早发表竹枝词作品是1978年,以"吴爱水"作笔名,写了四首竹枝体小诗,发表在当时北京唯一的一份文艺刊物《北京文艺》上。写的是怀柔北部山区的小水利工程。那几年,我每年都有半个月去那里"蹲点包片"搞"三秋"。有一首,至今还能背诵下来,题目《小水电站》:"背倚青山傍浅涯,早迎旭日晚披霞,分得一缕清溪水,直把浪花变电花。"

1991年,我的水利文集《燕水古今谈》出版。在这本文集中,有一篇《北京水利新竹枝》15首,受到著名历史地理学家、中国科学院院士侯仁之教授的注意。他在为本书写的《序言》中写道:作者"以水为纲,采取了灵活多样的写作方法,有散文、有随笔、有考察记录、有专题论述。既话古,又论今,甚至还利用竹枝词的民歌体裁,即景写情,引人入胜"。受到侯老的启示,我写竹枝词的胆量也就大了起来。到1993年初,在中国水利出版社的支持下,出版了我的第一本诗集《燕水竹枝词》。这本诗集出版后,我得到的较早的反应,是有一位中学生给我的来信,信中说他喜爱诗,也喜爱竹枝词,希望我能给他寄一本有我签名的《燕水竹枝词》，我十分高兴地满足了他的要求。我以为我的诗能得到一些年轻读者的关注是我的心愿。中国水利史研究会会长周魁一教授撰文："《燕水竹枝词》这些诗作朗朗上口，耐人咀嚼者甚多，不啻是一部北京水利史诗。一经发行便为大家所传唱。"中国水利水电科学研究院水利史教研室主任谭徐明先生撰文称："以活泼清新的笔调，独辟蹊径，将北京古代和现代水利的历史画卷展现给读者，给人以诗情画意的感染和深沉悠远的回味，这便是《燕水竹枝词》的特色。"北京诗人李荣著文称："这部诗集不仅佳篇见丰，就连诗前小序和诗后注释都严谨有味，可见作者的创作态度多么认真。"后来，《中国水利报》副刊以近半版篇幅刊登了部分诗作和周魁一教授的文章。

  1994年，我主持北京诗词学会工作后，曾将这本《燕水竹枝词》寄刘征、杨金亭两位诗家教正，得到了他们的一致肯定。刘征老来信说："蒙惠燕水竹枝词，吟味再四，推古民歌之陈，而出现代之新，深所爱佩。"他还赠诗云："广源通惠访遗踪，更爱春郊绿映红，一卷竹枝唱燕水，相逢不恨晚相逢。"

  后来，我又收到武汉水电大学教授、水利史学者黎沛虹先生为《燕水竹枝词》而作的诗："（1）金瓯一轴美如诗，历久风情燕水施。更喜春晖重绣锦，竹枝页页赋天姿。（2）欲绘山川何样姿，最难为处是才思。京郊潇洒生燕竹，许我春来摘数枝？（3）非是穷通未有时，江山如画惹诗思。才高不似财粗味，自有痴人爱认痴。"令我感动的是，2009年，在我第一本诗集《燕水竹枝词》出版十八年后，我仍接到河北省《石家庄日报》编辑王律先生寄来的这本诗集，请我签名题字后给他寄回。看到这位陌生朋友的信，直觉他的真诚扑面而来。我立即按要求签名寄还给了他。

实际上，在《燕水竹枝词》出版时，我已调到北京市民政局工作了。但我和水利部门一直没有断线。我仍然担任北京水利史研究会会长（该研究会是个跨行业的学术社团，也包括民政部门主管的救灾救济工作）。我本着干一行爱一行的理念，努力熟悉民政业务，也读了不少关于社会学、民政史志、民俗史方面的书籍。其中包括八十年代初期和中期，由北京古籍出版社出版的《清代北京竹枝词》《北京风俗杂咏》《北京风俗杂咏续篇》等著作，这几本书收录有300多首清代北京竹枝词。我徜徉其中，就如同走进一座大花园，每每为她们的婀娜多姿和鲜活的语言所吸引，所痴迷。同时也深深体会到这种诗体对文学和存史、补史的特殊作用。于是，经过经年努力，我在1997年写出了一篇《竹枝词与北京民俗》的文章，在《北京晚报·百家言》连载，文章介绍了如北京节令时俗、庙会时俗、饮食民俗、市民生活饮用水习俗、戏曲时俗等民俗竹枝词，一幅幅风情画展示出来。文章发表后，没有想到竟有几家刊物转载，北京广播电台文艺台，还为我录了音，不止一次地播放。这其中，姜德明先生在《北京风俗杂咏续编》序言中说："是不是现在还有写新竹枝词的？我期望这一文学样式得以流传。"我并不认识姜德明先生，但是，我非常感谢姜先生的提示，现在，北京诗词学会以及其他省市已有一批诗友在继续和发扬着"这一文学样式";"竹枝"薪火已在北京诗词学会诗友中点燃,并正向我国广大地区蔓延发展!

从1994年我主持北京诗词学会工作以来,我一方面继续写竹枝词,一方面做一些研究,主要课题是,竹枝词如何融入当今社会文化生活。我总结出竹枝词的四个特点:一,语言流畅,通俗易懂;二,格律宽松,雅俗共赏;三,格调明快,诙谐风趣;四,广为纪事,以诗存史。针对北京诗词学会的大部分会员都是初学诗词,他们积极热情,希望尽快入门。而竹枝词是一种容易学习和写作的诗体。别看它貌似简单,但含量丰富,较易于融入当今社会。我认为,竹枝词在表现时代精神,反映社会生活方面有先天优势,完全可以成为传统诗词与时代同步的"切入点"。我的这些主张,得到了杨金亭主编的全力支持,也得到了北京诗词学会其他领导人和驻会诗友以及一批诗人学者的广泛支持和赞同。

从1997年开始,在北京诗词学会会刊《北京诗苑》开辟了《竹枝新唱》专栏,每期都发表竹枝词新作。我在北京诗词学会举办的诗词讲座上带头讲竹枝词课,在各诗社也开讲,有请必讲。几年下来,我讲了有20多次;有的诗社,我讲了二至三次,诗友们都喜欢听。我的讲稿曾被诗词杂志《诗词翰林》和本市及外地诗刊转载。受《中华老年报》之约,在《松窗随笔》专栏和《北京社会报》我都写过有关竹枝词的文章数篇。竹枝词在北京地区传统诗词的诗坛中可以说,"家喻户晓"了。

（二）

  在这期间，1998年，我的第二本诗集《新竹枝词集》由作家出版社出版。约有诗作300多首，还有5篇《竹枝词散论》。这本诗集，是将竹枝词作为反映当代社会生活诸多方面内容分类编的。除"燕水竹枝词"以外，还包括"纪游竹枝词""纪事竹枝词""酬赠竹枝词"等篇章。

  《新竹枝词集》发表后，很快得到反应。部队老作家郑直先生在接到我赠的《新竹枝词集》后，于1999年春节给我来信说："书一到手，即捧读不歇，如坐春风，真乃一个新字了得，读余，即兴赋三首绝句，以吐心声，并作已卯贺诗寄先生，聊博一笑可也。"

（一）

月光斜抹透窗纱，听唱竹枝清韵嘉。
昨夜案头春几许，指头香染腊梅花。

（二）

流水行云时代情，大江东去小桥横。
兴酣掷卷一凝睇，铁板铜琶尚有声。

（三）

心向江河情有加，涓涓纸上笔生花。
诗人掬得清流水，烹就芳香万盏茶。

1999 年 2 月

北京青年诗人、资深编辑朱小平先生写来《新竹枝词集》读后感诗四首，现选二首：

（一）

梦得风流未绝尘，渔洋韵骨铁崖心。
铜盘一扣踏歌起，独树骚坛处处闻。

（二）

书生本色并诗人，经世襟胸断玉昆。
携卷一麾江海去，行间字里见真淳。

河北省保定专区的水利高级工程师张铭新老先生，以前我们不相识。他看了《燕水竹枝词》以后来信称："文革后很长一段时间，悲观自弃，蹉跎岁月，陷入低沉情绪中，不能自我解脱……想不到读了段公诗之后，首先吟咏对象都是水利，和我有密切关系，特别感到亲切，而且诗的格调清新，意境高雅，充溢着乐观气氛和生活情趣，大大感染了我。在我这接近干涸的精神生活里，确如饮甘泉，使我犹如死水的心灵，又泛起波澜。"此后，我们常有书信来往。1998年我的第二本诗集出版。他很喜欢书的封面设计，还写来四首诗。信中说："我觉得书的封面，立意设计当是匠心独运，别具新风，是充满诗情的画，而且是蕴藉含蓄的一首朦胧诗。按照我的猜测，画是象征着诗人的人品诗品的，于是，写成四段顺口溜。"我在此录三首：

赞《新竹枝词集》封面诗画

（一）

竹节缀成新词集，新词吟诵似闻笛；
远拂绿野连天地，清气盈空涤心怡。

【注】

《新竹枝词集》五个大字，从形象上看极似竹枝缀成。……封面下半部是绿色田野，清新生活气氛极浓。上半部是清净的天空，高雅宁静。在这样的天地中融入了诗人的心情灵感，涌现出新竹枝词。

（二）

翠竹数竿生燕郊，东风吹来舞妖娆；
非是板桥石隙物，缤纷沃土绿如潮。

【注】

　　扇面上数竿翠竹，根生大地，枝叶繁茂，凌空飞舞，潇洒自如。也曾见过郑板桥一幅竹画，从山崖石缝中钻出数枝，虽说是"咬定青山不放松"，但一无汲取营养的沃土，二无发展普及的环境，区区数竿，稍嫌孤高。

（三）

　　似火红花难驻颜，如兰燕水古今谈；
　　"只缘参悟风铃语"，半是诗人半是仙。

1999 年 6 月

【注】

　　画面上还有一支红蓝铅笔，端详半日，当是用来染画流淌千年历尽沧桑的燕水"凭今鉴古记废兴"呵。

　　我见到诗后，很快转到该诗集封面设计者，我的小女儿段跃手里，她看后也会心地笑了。现在，当我再翻阅这四首诗作时，张铭新先生早在八年前作古了。我谨将1994年写给他的那首小诗以志怀念之情。诗云："畿南徐、保有嘉名，燕水潇潇记治功。江汉琴台弦瑟老，竹枝俚语系嘤鸣。"徐、保，指河北省徐水、保定地区。

　　我由此发现，有那么多人喜欢竹枝词！除了来信，一些诗友在诗词活动中经常背诵或朗读我写的竹枝词，我也常听到一些诗友对我写的竹枝词提出修改意见。我心里常常告诫自己，诗友们对我的鼓励和帮助并不表明我有多大诗才，却能说明竹枝词这种古老诗体不衰的魅力，其风趣幽默，雅俗共赏的艺术特色为现代人喜闻乐见。我更坚定的相信，古老的竹枝词在新时代依然具有旺盛的生命力。

（三）

2002年末，《北京诗苑》已发表了300多首诗友们新创作的竹枝词。为了向更多诗友普及竹枝词这种诗歌形式，北京诗词学会召开《竹枝新唱》座谈会，邀请了20多位作者参加，还特邀北京作协驻会主席李青等进行创作指导。在会上，我做了"竹枝词与时代精神"的主题发言。大家发言踊跃，对竹枝词如何与时俱进，贴近生活，融入社会，反映时代，发表了颇有新意的体会。会后，《北京日报》在文艺副刊，以通栏标题，发表了我的主题发言，并配以图片。座谈会认为："竹枝新唱"无论从内容或艺术表现上，都一洗旧体诗中的旧情调，以耳目一新的时代语言，描绘了新时期多姿多彩的生活，朴实生动地彰显了那些可喜的变化；同时，也辛辣地讽刺和鞭笞了社会丑恶现象。这些优秀作品给北京诗坛吹进一股喜人的气息。座谈会呼吁广大会员和作者迈开双脚，开拓眼界，感悟生活，面向不同群体多彩的精神需求，与多种艺术门类，相谐共进，携手前进，拓宽竹枝词的写作领域，使竹枝词活跃于社会，服务于社会。

本来，竹枝词这种诗体，按传统的说法是以"咏风土"为主。然而，随着世事的变化，社会的发展，这种以"记事"为特征的文学诗体，借助活泼幽默的时代语言，使题材和内容越来越丰富，尤其对于表现当代五彩缤纷的政治、经济、社会、文化诸多领域的生活都大有用武之地。

　　为进一步拓宽竹枝词的写作领域，我试着做了一些努力。比如，关于政治生活层面。1997年香港回归，我怀着激动的心情看了香港总督府最后一任英国总督告别总督府的降旗仪式，全神贯注于整个过程的细节，随后以竹枝词笔调写了组诗（4首），把这一历史时刻记录下来。诗发表后，首都文化界朋友赵洛先生来信说："兄写香港回归，震大汉之天声，消百年之忧愁，十分精采，读来神往。"湖北由胡盛海先生主编的《中华当代竹枝词》刊选了这组诗，书中序言中写道："段天顺先生的《记香港总督府降旗仪式》让一个见证伟大时代的历史镜头在人们心中定格，抒发出作者民族振兴的自豪感和百年圆梦的喜悦之情。"

　　我在诗中有两个特写镜头，一个是路透社曾有一段新闻道："彭定康直率地承认，在正式告别过去5年的官邸之际，他要用手帕来拭去泪水。"这段话引发了我的兴趣，我想看看彭定康掉不掉泪？可巧，那日降旗时天降细雨。另一个镜头是，从屏幕上看到英国米字旗降下后，彭定康不忍离去，又坐车在总督府院内转了几圈。这两个镜头实在珍贵，我就以诙谐风趣的竹枝笔调刻录下来。如："云暗香江雨洗楼，百年米字正凝愁；老天似有垂怜意，故作萧萧伴泪流。""缓缓英旗下地垂，总督心事已堪摧；逡巡欲解愁滋味，再向空楼绕几回。"

　　竹枝词以纪事体为本色，应该坚持"细节上的真实性"，才真正具有"存史""补史"的价值。比如，我在写《追忆1949纪事诗》时，就遵循了这个原则。1949年，是个充满激情的年代，我每次忆起，就心潮澎湃，不能自己。当2009年新中国建立六十周年将临的时候，不知是哪股劲儿鼓动着我，我以竹枝词为体写了20首《追忆1949纪事诗》。全诗分了几个小题目，除《小序》和《余声》各一首外，有《北平和谈签字（5首）》，《欢迎人民解放军入城仪式（3首）》，《参加中共北平地下党员大会（5首）》，《喜闻人民解放军占领南京（2首）》，《参加天安门广场开国大典（3首）》共5题。由于年事日久，记忆不一定准确了，而像这样的纪事诗，又必须坚持真实的原则，将准确可靠的历史画面描述给人们。所以，我写完初稿后，即寄给一些知情的老领导和老友请教、征询，其中包括原北平地下党中学委员会负责人、也是我的入党介绍人黎光同志，新中国建立后多年和我在一起工作的贾九朝同志，我在河北高中读书时的老同学，1948年春被国民党特务逮捕、坐牢的刘鹏志同志和殷树良同志等，在他们的帮助下，我将一些存疑的历史情况一一核对、确认，反复修改了几次，最后，还得到当代著名诗人刘征老的指教。这组诗稿先后在北京地区的几家刊物上选登；《中华诗词》月刊，于2009年10月号在"峥嵘岁月"栏，全诗发表。

这组诗发表后，我遇到一些老同志和诗友，他们都给予较好的评价。2010年9月全国第二十四届中华诗词暨夏承焘吴鹭山学术研讨会在浙江乐清召开。山东师范大学教授袁忠岳先生在大会上发言，题目是《好诗要在"感"字上下功夫》。其中对我的《追忆1949纪事诗》有一段评论，评论道："2009年恰逢建国六十周年，是一个甲子，以此为题的诗词铺天盖地，其中让读者记住的能有几首？更不要说流传下去了。但《中华诗词》2009年10期'峥嵘岁月'栏目里段天顺的《追忆1949纪事诗》却能吸引读者，打动读者，使有类似经历的人获得一种与诗人会心同忆之乐。新中国建立之初的情景和心情不就是这样吗？'护厂护校'迎解放，'举城奔告庆和平'。解放军入城，'老少倾城涌道齐'；共和国成立，'泪涌天安座座桥'。特别写道参加北平地下党员大会的特殊经历，更让人感慨系之，'相逢把臂无多语'，'全把新潮化掌潮'。正是在这次大会上，父子才以相同的党员身份意外相遇，谁也没有想到呵，怎不'凝对移时堪似梦，泪花湿了眼睛边！'所感对象具体至微，又是亲身经历，真事加真情，是这组诗远胜过那些宏大空泛作品的地方。"接着作者认为"对本组纪事竹枝词沿用诗文相配两相映衬，这样一种诗体设计，我认为其效果是不错的"。

我与该文作者袁忠岳教授互不相识，这次研讨会我也没有参加，他如此评价拙诗，真令我汗颜。对我在当今社会推动竹枝词的弘扬和普及更增添了信心。

再比如，明清小说常常以《西江月》《竹枝词》之类诗体作为"引子"，起导读作用。我也仿照这个传统为北京作家袁一强出版的《皇城旧事》民俗小说，拟作16首竹枝词，算是一种尝试。这部反映旧京底层社会生活（殡葬行业）的长篇小说，被誉为"一幅绚丽多彩的旧北京民俗风情画"。曾获北京市庆祝新中国50周年征文佳作奖，及首届老舍文学奖提名奖。我读了这部小说感到十分"过瘾",于是,捉笔展卷,按章节写出十几段竹枝词。比如,《老刘头》一首的小序称:"老刘头是三十多年的老杠业,年轻的时候扛过皇杠、抬过亲王,十几年前抬过袁世凯。"竹枝词云:"莫道杠夫是末流,双肩抬走帝王侯;刘头(儿)最喜津津道:'皇杠、亲王、袁大头!'"作者对于旧京丧葬习俗,多有精到的描写,包括孙中山病逝后,从北京香山碧云寺移灵南京中山陵,小说做了真实的场面描写,为北京的民俗史增添了珍贵的内容。这16首竹枝词,曾在《北京社会报》上发表,一位老诗友曾在一个座谈会发言时诵读过《老刘头》一诗。

我还尝试,以竹枝词代序,给诗人易海云先生的诗集《长天云海路漫漫》写了8首竹枝笔调的"序诗"。首诗云:"读海云诗好畅怀,天遥海涵任安排。一支彩笔泼复点,幅幅丹青入画来。"

又如,北京水利界著名专家高振奎总工程师,在83岁时溘然逝世,我以老先生生前幽默风趣的个性,写了5段竹枝词,赞赏他的高风亮节,得到老先生亲朋好友的称道。首诗云:"未肯人间享寿翁,飘然一去挽清风;泉台许是遭洪水,急请先生做'总工'"小注云:"先生一生乐观豁达,言谈风趣。余每次见面问及健康时,他总说:'快向八宝山报到了'"最后一首写道:"一代工师卧碧峰,潮白永定颂清名;萧然一钵铮铮骨,伴与山青并水清。"小注云:高总的骨灰遵嘱安放于密云水库山上。他是当年修建密云水库时的施工总工程师。

（四）

　　这些年，在拓宽竹枝词写作领域的同时，我也经常想到如何提高新竹枝词作品质量问题。我认为，所谓质量主要是坚持两个原则，一个是坚持雅俗共赏；另一个是保持幽默风趣的竹枝味儿。这两点都涉及到诗歌的语言艺术。清代诗歌理论家刘熙载曾说："奇语易，常语难，此诗之重关也。香山用常语得奇，此境良非易到。"香山，指白居易。常语，平常语也。以"常语"达到雅俗共赏之效正是竹枝词所特有的语言风格。

　　同时，竹枝词作为一种诗体，还要充分发挥诗体本身的优势。清人袁枚，倡导写诗要选择诗体，他说"'传'字人旁加'专'，言人'专'则必'传'也"。讲得生动精彩。值得注意的是，在当今纷繁的世事面前，又不能把所有内容和题材都往竹枝词一个"筐"里装，诗人写诗不但要选自己最擅长的诗体，还要琢磨内容与诗体是不是相适宜，据此，方能写出好诗，写出精品。

　　在2008年的竹枝词写作中，有两个重大题材，一个是四川汶川大地震，中华民族遭遇那样大的灾难，谁不痛心呢？如何把这样的感情表达出来？我拣选出最打动自己心灵的三件事，一是川北中学那么多花季少女少男活生生地被大地震埋葬；一是那位在地震中失去母亲、女儿还坚守岗位、日夜营救乡亲的女民警蒋敏；再一个就是北川县民政局长王洪发，他失去了儿子和数位家人，在民政局正副局长5人中仅存的一人，他一直坚守在救灾第一线，被灾民称为"主心骨"。我思索再三，没有使用平日熟悉的竹枝体创作，而是用《西地锦》这个不常用的词牌来表达自己内心的感受。

另一个是，2008年8月在北京成功举办的第29届奥运会和残奥会。为了更准确地记录这个被称为奥运史上最好的一次运动会，表达我对其中精彩比赛的兴奋、对运动员的钦佩以及对祖国强盛的豪迈之情，我从场内外传播出来的各种"花絮"中寻找灵感，我发现"花絮"是一种风趣文化，它与竹枝词的表达方式非常契合，也是我创作的轻车熟路，于是，我创作了16首表现奥运会和残奥会的竹枝词。

比如，《题我国女子体操团体冠军六人集体照》"水葱小将一般齐，头上光环笼发髻。谁信神州夺冠手，翩翩多是'90'妮"！小注云："六名小将，除程菲20岁，其余都是1990年后出生。"又如，百米飞人波尔特，牙买加人，一人获取三枚金牌。有人问其父，其父笑答："小波自幼就爱吃山药。"我把这个故事写进了竹枝词："'飞人'频出何门道？媒体纷传各有调。小波阿爹有一说：'自幼就爱吃山药'"！

再如，我国体育广播"名嘴"宋世雄出场作女排比赛解说，我浮想联翩，想起中国女排辉煌的过去。诗云："又听当年美舌喉，甜、亮、刚、清鼓加油；一声背飞、短平快，教人怀想'铁榔头'！"

在我的16首奥运竹枝词里，有3首是写残奥会的。第一首写的是残奥会开幕式上第一个出现的盲人女火炬手平亚莉，她是北京残疾人工厂的女工。24年前，她参加了1984年在纽约举办的残奥会，获得跳远冠军，成为中国第一个在残奥会上获得金牌的运动员（当时，即使在奥运会上，中国运动员还没有得过金牌。）我于1985年调北京市民政局工作，曾去看望过平亚莉，写过一首竹枝词："奖牌抢眼列鳞鳞，几块属于中国人？谁信盲人平亚莉，风云叱咤首夺金！"这次，我在电视屏幕上看到她，由黄褐色导盲犬引导，第一个举着火炬出场，我脱口吟出一首来："褐黄义犬导前巡，万目惊观复问询；有答'廿四年前会'，中国夺金第一人！"我想，我如果在观众台上，一定会高兴地向观众讲述这段故事的。

　　提高竹枝词作品质量的另一次尝试是，北京诗词学会承担了老字号全聚德烤鸭店百首竹枝词写作的任务。这是一次命题性、群体性的创作活动，也是多年来已形成传统的创作方法。学会特邀请十来位写作水平较高的诗友共同进行创作，先是有组织地参观、查阅资料、采风等，然后进行个人自由创作；每人完成初稿后，聚在一起切磋，修改，定稿，圆满地完成了创作任务。这种创作方式一则弥补了个人在掌握史料、体验生活等方面的不足；二则也进一步发掘竹枝词在满足社会文化需求上的功能。

（五）

　　2004年，中华诗词学会主办的《中华诗词》诗刊第二期，"吟坛百家"专栏，发表了我写的新竹枝词22首。

　　2007年下半年，为纪念北京诗词学会成立20周年，将十年来《北京诗苑》发表的"竹枝新唱"汇成专辑，名为《竹枝词新唱》，收入300多首竹枝词。杨金亭主编在"竹枝新唱足新声"的序言中说："在老中青诗友的热情支持下，这个栏目佳作荟萃，影响日深。事实上已形成一个具有全国范围的刊登竹枝词创作的中心园地，前后历时十年，刊发出的基本囊括了当下竹枝词的精品佳作。"这部诗集出版后，得到了北京和其他一些省市的诗人、学者和广大诗友的积极评价。

2008年，中华诗词学会在河南南阳市举办第22次全国诗词研讨会。会上，我以《竹枝薪火亮京华》为题，汇报了北京诗词学会在会员中开展学习和创作竹枝词活动的情况，引起与会者的关注。

说实在的，这些年在新竹枝词的写作与推广方面，得到不少老朋友和众多诗友的鼓励和支持，许多人给我写信写诗，给了我很大的支持和勇气，我对此表示衷心地感谢，其中还有不少来信来诗，未能复答，对此我表示深深歉意。比如，在诗词学会合作共事多年的柳科正诗兄，早在1999年曾写给我一首诗，他在诗中鼓励我说："水经注后山经杳，谁为诸山一垦荒？"燕水写了，还应该写燕山呀！现在，我只能向老友检讨说，我"觉悟"的太迟了，十年前老友的鼓励，未能"理睬"呀！我又联想起三年前见到萧永义诗翁写给我的四首"《新竹枝词集》读后作"。其第二首云："词人岁晚欲何之，燕水燕山踏遍时，江河未了平生愿，百丈柔情绕竹枝。"其第四首云："熟路轻车宋与唐，闭门觅句慨而慷。竹枝芳草情无限，何事荒原吊夕阳！？"这大概是他在看了我那首《七十戏笔》后对我的"劝勉"和"提醒"。我的诗中有："回首夕阳轻自笑，还他一介是书生。"的话，当然，"书生"也有不同的表现，毛主席说道："书生意气，挥斥方道！"我要铭记萧翁对我的提醒！

2009年春节后，中华诗词学会代会长郑伯农先生为《北京诗苑》撰写文章，题为《从竹枝词谈到诗体创新问题》，文章对竹枝词发生、发展的源流进行了清晰的梳理，有很强的学术价值和理论指导意义，对当代竹枝词发展给予充分肯定，为我们继续努力推广竹枝词创作增强了信心。

与郑伯农会长的专论几乎同时，还收到刘征老给我的一封信，他在信中说："学会一向重视竹枝词的研究和写作，出版了专著。你更于竹枝词情有独钟。竹枝词起源很古，却又很新。新在哪里？形式短小，通俗易解，富有民歌情趣，接近大众生活。作者易于掌握，读者喜闻乐见，非常适合今天普及推广。学会不妨在竹枝词上大做文章，使之成为学会的一面亮丽的品牌，成为当代诗歌百花园中的一朵遍地生根的极有魅力的鲜花"。

带着郑伯农代会长和刘征老的深情瞩望，在北京诗词学会今年初的全体理事会上，我和学会理事们一致为竹枝词继续在新时期的发展和提高充满信心。我们将2010年定为北京诗词学会的竹枝词年。此后，我在今年全市的诗词讲座上，讲了第一课，题为《关于进一步提高竹枝词作品质量的几点思考》。参加听讲的有400余人，我讲了四个方面的内容：（1）要在幽默风趣的格调上下功夫；（2）要在"新"字上作文章；（3）坚持雅俗共赏；（4）保持竹枝词可以加注和创作组诗的传统。学会还在端午节举办了陶然诗会和竹枝词作品的征集发奖会等活动。最近，学会正在积极准备在11月中旬召开关于提高竹枝词作品质量的学术研讨会。

是呵，当我整理我与竹枝词几十年结缘的经历时，心中充满对我们泱泱诗国中这支清丽"小花"的敬意和感激。我感谢她对我生命的滋养，感谢她带给我多姿多彩的生活情趣，感谢她为我和我的诗友们架起了一座诗心互通之桥，感谢她为我们北京诗词学会开辟出一片诗歌创作的广阔天地！我愿以夕阳之红浸染这朵诗歌之花。

2010 年 10 月

【注】

① 据《全唐诗》，在刘禹锡之前有顾况，写过一首竹枝曲（或词）："帝子苍梧去不归，洞庭叶下楚云飞。巴人夜唱竹枝后，肠断晓猿声渐稀。"顾况比刘禹锡早约七十年。